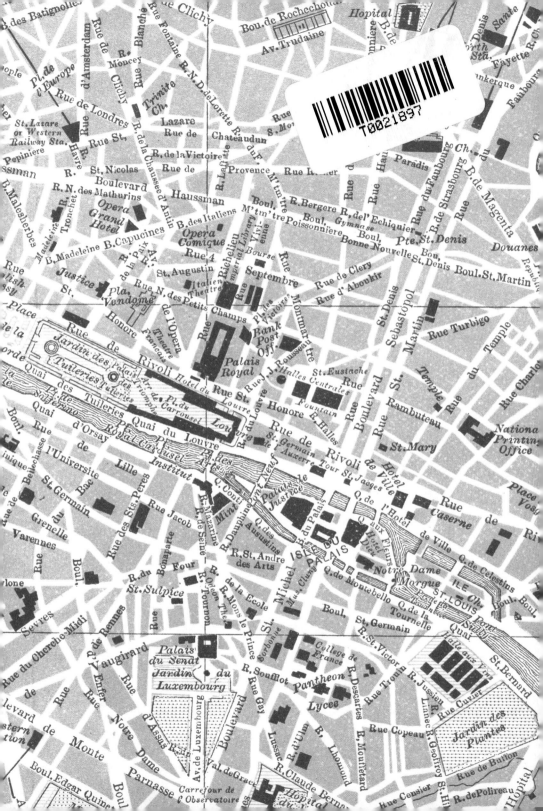

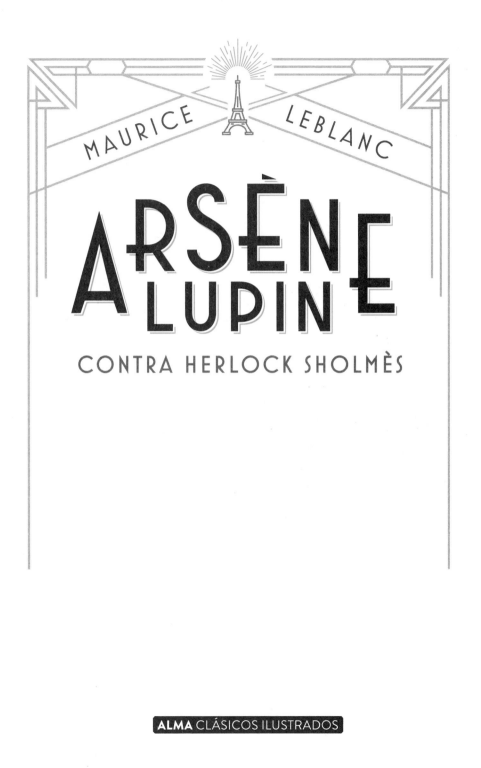

MAURICE LEBLANC

ARSÈNE LUPIN

CONTRA HERLOCK SHOLMÈS

ALMA CLÁSICOS ILUSTRADOS

MAURICE LEBLANC

ARSÈNE LUPIN

CONTRA HERLOCK SHOLMÈS

Traducción de Sofía Tros de Ilarduya

Ilustrado por Fernando Vicente

Título original: *Lupin contre Herlock Sholmès*

© de esta edición:
Editorial Alma
Anders Producciones S.L., 2022
www.editorialalma.com

@almaeditorial
@Almaeditorial

© de la traducción: Sofía Tros de Ilarduya

© de las ilustraciones: Fernando Vicente, 2022

Diseño de la colección: lookatcia.com
Diseño de cubierta: lookatcia.com
Maquetación y revisión: LocTeam, S.L.

ISBN: 978-84-18395-82-6
Depósito legal: B4923-2022

Impreso en España
Printed in Spain

ÍNDICE

A Marcel L'Heureux,
como muestra de cariño.

M. L.

PRIMERA PARTE

◆

LA MUJER RUBIA

I

EL NÚMERO 514, SERIE 23

El 8 de diciembre del año pasado, el señor Gerbois, profesor de matemáticas en el instituto de Versalles, descubrió, en el batiburrillo de un chamarilero, un secreter pequeño de caoba que le gustó porque tenía muchos cajones.

«Esto es precisamente lo que necesito para el cumpleaños de Suzanne», pensó.

Y como, en la medida de sus modestas posibilidades, siempre se las ingeniaba para hacer feliz a su hija, regateó el precio y pagó sesenta y cinco francos.

Justo cuando estaba dando su dirección, un hombre joven de aspecto elegante, que fisgoneaba por todas partes, vio el mueble.

—¿Cuánto cuesta? —preguntó.

—Está vendido —contestó el tendero.

—¡Ah! ¿El señor, a lo mejor...?

El señor Gerbois se despidió y se marchó mucho más contento porque tenía un mueble que un semejante codiciaba.

Pero no había andado ni diez metros por la calle, cuando lo alcanzó el hombre.

—Le pido mil disculpas, señor. Voy a hacerle una pregunta indiscreta. ¿Estaba usted buscando este secreter en particular o alguna otra cosa? —le dijo con el sombrero en la mano y en un tono perfectamente educado.

—No. Buscaba una balanza de segunda mano para unos experimentos de física.

—Entonces, no le interesa mucho, ¿no?

—Me interesa y punto.

—¿Porque es antiguo, quizá?

—Porque es práctico.

—¿Y aceptaría usted cambiarlo por un secreter igual de práctico pero en mejor estado?

—El que he comprado está bien, así que me parece inútil el cambio.

—Pero...

El señor Gerbois era un hombre que se irritaba con facilidad y de carácter desconfiado.

—Le ruego que no insista, señor —contestó de malas maneras.

El desconocido se plantó delante de él.

—No sé cuánto ha pagado, pero le ofrezco el doble.

—No.

—¿Y el triple?

—Bueno, dejémoslo ya —protestó el profesor con impaciencia—, lo mío no está en venta.

El hombre lo miró fijamente, de un modo que el señor Gerbois no olvidaría y luego, sin decir ni una palabra, se dio la vuelta y se alejó.

Una hora después, entregaban el mueble en la casita de la carretera de Viroflay en la que vivía el profesor. El señor Gerbois llamó a su hija.

—Mira, Suzanne, esto es para ti si te gusta.

Suzanne era un criatura encantadora, expresiva y feliz. Se lanzó al cuello de su padre y lo abrazó igual de contenta que si le hubiera hecho el mejor regalo del mundo.

Esa misma noche, Suzanne colocó el secreter en su habitación con ayuda de Hortense, la criada, y luego limpió los cajones y guardó con cuidado sus documentos, las cajas de sobres, las cartas, la colección de postales y algún recuerdo secreto que tenía de su primo Philippe.

Al día siguiente, el señor Gerbois se fue al instituto a las siete y media de la mañana. A las diez, Suzanne lo esperaba a la salida, como hacía habitualmente. Al profesor le alegraba mucho ver la figura esbelta y la sonrisa infantil de su hija en la acera de enfrente a la verja.

Regresaron juntos a casa.

—¿Qué tal el secreter?

—¡Una auténtica maravilla! Hortense y yo hemos limpiado los herrajes. Parecen de oro.

—¿Estás contenta?

—¡Estoy tan contenta! Es que no sé cómo he podido vivir sin él hasta ahora.

Cruzaron el jardín delantero de la casa y el señor Gerbois sugirió a su hija:

—¿Podríamos ir a verlo antes de almorzar?

—¡Ay, sí! ¡Qué buena idea!

Suzanne subió la primera, pero cuando llegó a la puerta de su habitación soltó un grito de espanto.

—¿Qué pasa? —dijo el señor Gerbois asustado.

Y él también entró en la habitación. El secreter no estaba.

Lo que sorprendió al juez de instrucción fue la admirable sencillez de los recursos que había utilizado el ladrón. Mientras Suzanne no estaba en casa y la criada hacía la compra, un repartidor con su placa —lo vieron unos vecinos— detuvo la carreta delante del jardín y tocó el timbre dos veces. Los vecinos, que no sabían que la criada había salido, no sospecharon nada, así que aquel individuo realizó su trabajo con la más absoluta tranquilidad.

Hay que señalar que el intruso no forzó ningún armario ni tocó un solo reloj de la casa. Incluso el monedero de Suzanne, que había dejado encima del mármol del secreter, apareció en una mesa que estaba junto al mueble con las monedas de oro que tenía. Así que el móvil del robo quedaba muy claro, lo que aún lo hacía más inexplicable, porque, a fin de cuentas, ¿para qué arriesgarse tanto por un botín tan ridículo?

La única pista que pudo aportar el profesor fue el percance de la víspera.

—Aquel hombre se mostró muy contrariado cuando rechacé su oferta y me dio una sensación muy clara de que se despedía con una amenaza.

Todo resultaba bastante impreciso. Interrogaron al comerciante. No conocía a ninguno de los dos señores. El secreter lo había comprado por cuarenta francos en Chevreuse, en una venta póstuma; creía que lo había vendido a un precio justo. La investigación no aportó nada más.

Sin embargo, el señor Gerbois se quedó convencido de que había sufrido un perjuicio enorme. Debía de haber una fortuna escondida en el doble fondo de un cajón y el hombre había actuado con tanta determinación porque conocía el escondite.

—Pobre papá, ¿qué íbamos a hacer nosotros con esa fortuna? —decía Suzanne.

—¿Qué? Con una dote así podrías aspirar a los mejores partidos.

Suzanne, que limitaba sus aspiraciones a su primo Philippe, un partido lamentable, suspiraba amargamente. Y en la casita de Versalles continuó la vida, menos alegre, menos despreocupada, ensombrecida por la pena y la decepción.

Pasaron dos meses. Y de pronto, uno tras otro, se sucedieron unos hechos muy graves, una racha imprevista de buena suerte y desastres.

El 1 de febrero, a las cinco y media de la tarde, el señor Gerbois, que acababa de llegar a casa con el periódico de la tarde en la mano, se sentó, se puso las gafas y empezó a leerlo. Como la política no le interesaba pasó la página. Enseguida le llamó la atención un titular:

TERCER SORTEO DE LA LOTERÍA DE LA ASOCIACIÓN
DE PRENSA. EL NÚMERO 514 DE LA SERIE 23 HA GANADO
UN MILLÓN...

El periódico se le cayó de las manos. Las paredes se tambalearon ante sus ojos y el corazón le dejó de latir. ¡Tenía el número 514, serie 23!

Lo había comprado por casualidad, para hacerle un favor a un amigo, porque él no creía mucho en la suerte, ¡y había ganado!

Sacó rápidamente su libreta. Había escrito en la guarda el número 514, serie 23 para no olvidarlo. Pero ¿y el billete?

Corrió hacia su despacho para buscar la caja de sobres donde había guardado el valioso billete, pero en la puerta se detuvo en seco, tambaleándose otra vez y con el corazón encogido, porque la caja de sobres no estaba ahí y de repente se dio cuenta de algo terrible: ¡hacía semanas que no estaba ahí! ¡Llevaba semanas sin verla delante de sus narices cuando corregía los deberes de sus alumnos!

Oyó un ruido de pasos en la gravilla del jardín y gritó:

—¡Suzanne! ¡Suzanne! —La hija, que llegaba de hacer compras, subió rápidamente—. Suzanne, la caja..., ¿la caja de sobres? —preguntó balbuceando con voz sofocada el señor Gerbois.

—¿Qué caja?

—La del Louvre. Una que traje un jueves y estaba en la esquina de esta mesa.

—Pero, papá, acuérdate, la guardamos juntos.

—¿Cuándo?

—Por la noche, ya sabes, la víspera del día...

—Pero ¿dónde? ¡Dime! Vas a conseguir que me muera.

—¿Dónde? En el secreter.

—¿En el secreter que nos robaron?

—Sí.

—¡En el secreter que nos robaron! —El profesor repitió estas palabras en voz muy baja, con una especie de espanto. Luego asió la mano de su hija y en tono aún más bajo añadió—: Hija mía, tenía un millón.

—¡Vaya, papá! ¿Por qué no me lo dijiste? —murmuró ingenuamente Suzanne.

—¡Un millón! —insistió el padre—. Era el número ganador de la lotería de la prensa.

Esta tremenda calamidad los dejó abrumados, durante un buen rato se quedaron en silencio. Ninguno de los dos se atrevía a hablar.

—Pero, papá, te lo pagarán de todos modos —dijo por fin Suzanne.

—¿Por qué? ¿Con qué pruebas?

—¿Hacen falta pruebas?

—¡Pues claro!

—¿Y no tienes?

—Sí, tengo una.

—¿Entonces?

—Estaba en la caja.

—¿En la caja que desapareció?

—Sí. Y lo cobrará ese hombre.

—¡Pero eso sería terrible! Vamos a ver, papá, ¿podrás reclamar?

—¡No lo sabemos! ¡No lo sabemos! ¡Ese hombre debe de ser muy importante! ¡Dispone de muchos recursos! Recuerda qué pasó con el mueble. —El señor Gerbois se levantó de un arrebato y pataleando dijo—: ¡Pues no y no, ese hombre no se quedará con el millón, no se lo quedará! ¿Por qué iba a quedárselo? Después de todo, por muy listo que sea, él tampoco puede hacer nada. Si se presenta para cobrarlo, ¡lo enchironarán! ¡Ay, ya lo veremos, amigo!

—¿Se te ha ocurrido algo, papá?

—Sí, ¡defender nuestros derechos hasta el final, pase lo que pase! ¡Y lo conseguiremos! ¡El millón es mío y me lo quedaré!

Unos minutos más tarde, el señor Gerbois envió el siguiente telegrama:

> Gobernador del Banco de Crédito Nacional, calle Capucines, París.
> Soy propietario del número 514, serie 23, invalide cualquier reclamación ajena por todas las vías legales. Gerbois.

Casi a la vez llegaba al Banco de Crédito Nacional este otro telegrama:

> Tengo el número 514, serie 23. Arsène Lupin.

Siempre que me dispongo a relatar alguna de las innumerables aventuras de la vida de Arsène Lupin siento auténtico pudor, porque me parece que todos los que me leerán ya conocen hasta la más insignificante. En realidad, no hay un gesto de nuestro «ladrón nacional», como se le llamó de una forma tan bonita, que no se haya dado a conocer con la mayor repercusión posible, ni una hazaña que no se haya estudiado en todos sus aspectos, ni un acto que no se haya comentado con esa abundancia de detalles que generalmente se reserva para los relatos de los actos heroicos.

Por ejemplo, quién no conoce la extraña historia de la mujer rubia, y los curiosos episodios que los reporteros titulaban en mayúsculas: «EL NÚMERO 514, SERIE 23», «EL CRIMEN DE LA AVENIDA HENRI-MARTIN», «EL DIAMANTE AZUL».

¡Qué revuelo se formó en torno a la intervención del famoso detective inglés Herlock Sholmès! ¡Qué alboroto después de cada una de las peripecias que marcaron la lucha de esos dos grandes artistas! Y qué jaleo en los bulevares el día en que los vendedores de periódicos vociferaban: «¡La detención de Arsène Lupin!».

Mi pretexto: yo aporto elementos nuevos, aporto la clave del misterio. Siempre quedan sombras alrededor de sus aventuras: yo las disipo. Reproduzco artículos leídos hasta la saciedad, copio entrevistas antiguas, pero todo esto lo coordino, lo clasifico y lo someto a la auténtica verdad. Mi colaborador es Arsène Lupin, que me demuestra una complacencia inagotable. Y en esta ocasión, también el inefable Wilson, el amigo y confidente de Sholmès.

Aún se recuerda la impresionante carcajada con la que se recibió la publicación de los dos telegramas. Solo el nombre de Arsène Lupin garantizaba lo imprevisto y era una promesa de diversión para el público. Y el público era el mundo entero.

De las investigaciones que realizó inmediatamente el Banco de Crédito Nacional se desprendió que el número 514, serie 23 se había vendido en la sucursal de Versalles del Crédit Lyonnais, al comandante de artillería Bessy. Pero el comandante había muerto al caerse de un caballo. También se supo, por unos compañeros a los que se lo contó, que un poco antes de su muerte tuvo que vender el billete de lotería a un amigo.

—Ese amigo soy yo —aseguró el señor Gerbois.

—Demuéstrelo —contestó el Banco de Crédito.

—¿Que lo demuestre? Es muy fácil. Veinte personas le dirán que tenía una estrecha amistad con el comandante y que nos veíamos en el café de la plaza de Armas. Allí, un día, por hacerle un favor en un momento de dificultades económicas, le compré el billete y le pagué veinte francos.

—¿Hay testigos de esa venta?

—No.

—Entonces, ¿en qué basa su reclamación?

—En la carta que me escribió sobre este asunto.

—¿Qué carta?

—Una carta sujeta al billete.

—Enséñela.

—¡Estaba en el secreter que me robaron!

—Encuéntrela.

Arsène Lupin la difundió. Una nota que publicó *L'Écho de France* —reconocido como su boletín oficial y del que parece ser uno de los principales accionistas— anunció que Lupin entregaba a su asesor legal, el abogado Detinan, la carta que el comandante Bessy le había escrito a él personalmente.

Aquello fue un jolgorio general: ¡Arsène Lupin contrataba un abogado! ¡Arsène Lupin, respetando las reglas, nombraba a un miembro del colegio de abogados para representarlo!

Toda la prensa se lanzó al despacho del letrado Detinan, un diputado radical influyente, un hombre de gran integridad y aguda inteligencia, un poco escéptico y paradójico por gusto.

En efecto, el señor Detinan, aunque no tenía el placer de conocer a Arsène Lupin —cosa que lamentaba profundamente—, acababa de recibir sus instrucciones y, muy emocionado por que lo hubiera elegido a él, algo de lo que se enorgullecía, pensaba defender enérgicamente los derechos de su cliente. Así que abrió el expediente recién incoado y, sin rodeos, presentó la carta del comandante. Esa carta demostraba que el comandante había vendido el billete de lotería, pero no mencionaba el nombre del comprador. «Mi querido amigo», decía simplemente.

«"Mi querido amigo" soy yo —añadía Arsène Lupin en una nota adjunta a la carta del comandante—. Y la mejor prueba es que yo tengo la carta.»

Una nube de reporteros se precipitó inmediatamente a casa del señor Gerbois, que solo pudo repetir:

—«Mi querido amigo» soy yo. Arsène Lupin robó la carta del comandante con el billete de lotería.

—¡Que lo demuestre! —respondió Lupin a los periodistas.

—¡Pero si él me robó el secreter! —gritó el señor Gerbois a esos mismos periodistas.

—¡Que lo demuestre! —insistió Lupin.

El duelo público entre los dos propietarios del número 514, serie 23, el constante ir y venir de los reporteros, y la sangre fría de Arsène Lupin frente al enloquecimiento del pobre señor Gerbois formaron un espectáculo de una extravagancia encantadora.

¡El pobre desgraciado llenaba la prensa con sus quejas! Hablaba de su mala suerte con una ingenuidad conmovedora.

—Compréndanlo, señores, ¡ese sinvergüenza me ha robado la dote de Suzanne! ¡A mí, personalmente, me importa un bledo, pero por Suzanne! ¡Imagínense, un millón! ¡Diez veces cien mil francos! ¡Ay, estaba seguro de que el secreter tenía un tesoro! —Por más que le reprocharan que cuando su enemigo se llevó el mueble no sabía que allí había un billete de lotería y que, desde luego, nadie podía adivinar que ese billete ganaría el gordo, él respondía lamentándose—: Vamos, hombre, él lo sabía. Si no, ¿por qué se habría molestado en robar un miserable mueble?

—Por razones desconocidas, pero seguro que no para apropiarse de un trozo de papel que en ese momento valía la modesta cantidad de veinte francos.

—¡Un millón! Lo sabía. ¡Lo sabe todo! ¡Ay, ustedes no conocen a ese bandido! ¡A ustedes no les ha quitado un millón!

El intercambio de acusaciones podría haber durado mucho tiempo. Pero, el duodécimo día, el señor Gerbois recibió una carta de Arsène Lupin en la que ponía «confidencial». El profesor la leyó con una preocupación en aumento:

> Señor, el público está divirtiéndose a nuestra costa. ¿No le parece que ha llegado el momento de ponerse serios? Yo estoy completamente decidido.

La situación es clara: obra en mi poder un billete de lotería que no tengo derecho a cobrar y usted tiene derecho a cobrar un billete de lotería que no obra en su poder. Así que no podemos nada el uno sin el otro.

Ahora bien, ni usted aceptaría cederme SU derecho ni yo cederle MI billete.

¿Qué hacemos?

Solo encuentro un modo: repartamos. Medio millón para usted y medio millón para mí. ¿Es equitativo? ¿Esta decisión salomónica satisface la necesidad de justicia que los dos tenemos?

Es una solución justa e inmediata. No es una oferta negociable sino una necesidad a la que las circunstancias le obligan a someterse. Le doy tres días para pensarlo. Me gustaría creer que el viernes por la mañana, en los anuncios por palabras de *L'Écho de France,* leeré una nota discreta dirigida al señor Ars. Lup. que diga, simple y llanamente, con términos velados, que acepta el trato. Con lo cual, usted recibe inmediatamente el billete de lotería y cobra el millón, a costa de entregarme quinientos mil francos como le indicaré más adelante.

Si rechaza la propuesta, he adoptado medidas para conseguir idéntico resultado. Pero, además de los serios problemas que le causaría tanta obstinación, tendría que asumir veinticinco mil francos de recargo por los gastos añadidos.

Reciba un cordial saludo.

Arsène Lupin

El señor Gerbois, desesperado, cometió el tremendo error de enseñar la carta y de permitir que se difundiera. La indignación lo empujaba a las mayores estupideces.

—¡Nada! ¡Se quedará sin nada! —gritaba delante de un grupo de reporteros—. ¿Compartir lo que es mío? ¡Jamás! ¡Que rompa el billete si le da la gana!

—Pero quinientos mil francos son mejor que nada.

—Para mí es una cuestión de derechos e impondré los míos en los tribunales.

—¿Arremeter contra Arsène Lupin? Sería divertido.

—No, contra el Banco de Crédito Nacional. Tiene que pagarme el millón.

—Si presenta el billete de lotería o al menos alguna prueba de que usted lo compró.

—La prueba existe porque Arsène Lupin admite que robó el secreter.

—¿Y la palabra de Arsène Lupin bastará en los tribunales?

—Me da igual, yo sigo.

El público estaba entusiasmado. Se hicieron apuestas, unos apoyaban que Lupin vencería al señor Gerbois y otros que las amenazas del profesor le saldrían por la culata. Y todo el mundo sentía una especie de aprensión por la gran desigualdad de fuerzas entre los dos enemigos, uno tan duro en su embestida y el otro asustado como un animal acorralado.

El viernes, los lectores se quitaban de las manos *L'Écho de France* y escudriñaban con ansiedad el espacio de los anuncios por palabras, en la página cinco. No había ni una línea dirigida al señor Ars. Lup. El señor Gerbois respondía con silencio al requerimiento de Arsène Lupin. Era una declaración de guerra.

Por la noche, los periódicos publicaron el secuestro de la señorita Gerbois.

Lo más divertido de lo que podríamos llamar los espectáculos de Arsène Lupin es el papel sumamente cómico de la policía. Todo ocurre al margen de ella. Lupin habla, escribe, avisa, ordena, amenaza y ejecuta como si no existiera ni jefe de la Seguridad ni agentes de policía ni comisarios, en definitiva, nadie que pudiese entorpecer sus propósitos. Todo eso se considera nulo y sin efecto. El obstáculo no cuenta.

¡Y, sin embargo, la policía se esfuerza muchísimo! En cuanto se habla de Arsène Lupin, todo el mundo, de lo más alto a lo más bajo de la jerarquía, se enciende, se apasiona y echa espuma por la boca. Es el enemigo, y un enemigo que se burla, te provoca, te desprecia o, lo que es peor, te ignora.

¿Y qué hacer contra un enemigo así? Según el testimonio de la criada, Suzanne se marchó de casa a las diez menos veinte de la mañana. A las diez y cinco, cuando su padre salió del instituto no la vio en la acera donde habitualmente lo esperaba. Así que todo ocurrió durante el corto recorrido de veinte minutos que hizo Suzanne de su casa al colegio o al menos hasta las inmediaciones del colegio.

Dos vecinos confirmaron que se cruzaron con ella a trescientos metros de la casa. Una señora vio caminar por la avenida a una chica joven cuya descripción se correspondía con la de Suzanne. ¿Y luego? Luego ya no se sabía.

La policía investigó por todas partes, interrogó a los empleados de las estaciones y del fielato. Ese día nadie había visto nada que pudiera relacionarse con el secuestro de una señorita. Pero en Ville-d'Avray el tendero de un ultramarinos declaró que había vendido aceite a un automóvil cerrado que venía de París. En el asiento estaba el conductor y dentro una mujer rubia. «Excesivamente rubia», especificó el testigo. Una hora después, el automóvil regresaba de Versalles. Un embotellamiento en la carretera le obligó a reducir la velocidad, lo que permitió al tendero comprobar que, junto a la mujer rubia, había otra envuelta en chales y velos. Sin lugar a dudas, Suzanne Gerbois.

¡Pero entonces tenía que suponerse que el secuestro ocurrió a plena luz del día, en una carretera muy transitada y en el mismísimo centro de la ciudad!

¿Cómo? ¿Dónde? Nadie oyó un grito ni vio un movimiento sospechoso.

El tendero proporcionó la descripción del automóvil, una limusina de veinticuatro caballos, de marca Peugeon, con la carrocería de color azul oscuro. Por si acaso, acudieron a la directora del Grand-Garage, la señora Bob-Walthour, acostumbrada a la especialidad del secuestro con automóvil. Y, efectivamente, el viernes una mujer rubia, a la que no volvió a ver, había alquilado una limusina Peugeon para todo el día.

—¿Y el conductor?

—Era un tal Ernest, lo contratamos la víspera por sus excelentes referencias.

—¿Está aquí?

—No, trajo el coche de vuelta y nunca más se presentó.

—¿Podemos seguir su rastro?

—Por supuesto, a través de las personas que lo recomendaron. Aquí tienen sus nombres.

Se dirigieron a los domicilios de esas personas. Ninguna de ellas conocía al tal Ernest.

Así que cualquier pista que la policía siguiera para salir de la oscuridad llevaba a otra oscuridad y a otros misterios.

El señor Gerbois no tenía fuerzas para librar una batalla que para él empezaba de manera desastrosa. Desconsolado desde la desaparición de su hija, lleno de remordimientos, se rindió.

Un anunció muy corto que apareció en *L'Écho de France*, y todo el mundo comentó, confirmó que Gerbois cedía simple y llanamente, sin segundas intenciones.

Era una victoria, la guerra había terminado en cuatro días.

Dos días después, el señor Gerbois cruzaba el patio del Banco de Crédito Nacional. Cuando lo recibió el gobernador, le entregó el número 514, serie 23. El gobernador se sobresaltó.

—¡Ah! ¿Lo tiene usted? ¿Se lo han devuelto?

—Lo había perdido, aquí está —respondió el señor Gerbois.

—Pero usted aseguraba... Se habló...

—Todo eso solo son rumores y mentiras.

—De todos modos, necesitaríamos algún documento como prueba.

—¿Bastaría con la carta del comandante?

—Por supuesto.

—Aquí la tiene.

—Perfecto. Le ruego que deje estos dos documentos en depósito. Tenemos un plazo de quince días para comprobarlos. Le avisaré en cuanto pueda pasar por caja. Hasta entonces, señor, creo que le conviene no decir nada y acabar con este asunto en silencio absoluto.

—Esa es mi intención.

El señor Gerbois no habló del asunto y el gobernador tampoco. Pero hay secretos que se desvelan sin que haya indiscreciones: ¡de pronto se supo que Lupin había osado enviar el número 514, serie 13 al señor Gerbois! La noticia se recibió con una asombrosa admiración. ¡Sin duda, alguien que ponía encima de la mesa un triunfo de esa importancia, el valioso billete de lotería, era un buen jugador! Es verdad que Lupin se había deshecho de él en el momento justo y a cambio de otra carta que restablecía el equilibrio. Pero ¿y si la chica se escapaba? ¿Y si conseguían liberar a su rehén?

La policía percibió el punto débil del enemigo y duplicó sus esfuerzos. Arsène Lupin desarmado, desplumado por su cuenta, atrapado en la espiral de sus maquinaciones, sin cobrar ni un solo céntimo del codiciado millón. De pronto, los que se burlaban cambiaban de bando.

Pero había que encontrar a Suzanne. ¡Y no la encontraban ni tampoco se escapaba!

«De acuerdo —se comentaba—, Arsène Lupin ha conseguido el punto, gana la primera manga. ¡Pero lo más difícil está por hacer! Reconocemos que tiene a la señorita Gerbois y que solo la entregará por los quinientos mil francos. Pero ¿dónde y cómo se hará el intercambio? Para que el intercambio se lleve a cabo, hace falta un punto de encuentro, ¿y qué impide al señor Gerbois avisar a la policía y así recuperar a su hija quedándose con el dinero?»

La prensa entrevistó al profesor. Gerbois, muy abatido, sin ganas de hablar, siguió impenetrable.

—No tengo nada que decir, estoy esperando.

—¿Y la señorita Gerbois?

—Sigue la investigación.

—¿Pero le ha escrito Arsène Lupin?

—No.

—¿Lo confirma?

—No.

—Entonces es que sí. ¿Cuáles son las instrucciones?

—No tengo nada que decir.

La prensa acosó a Detinan. La misma discreción.

—El señor Lupin es mi cliente —respondía con seriedad forzada—. Comprendan ustedes que estoy obligado a una absoluta discreción.

Tanto misterio irritaba al público. Indudablemente, se tramaban planes en secreto. Arsène Lupin preparaba y estrechaba la malla de sus redes, mientras la policía organizaba una vigilancia de día y de noche alrededor del señor Gerbois. Se examinaban los tres únicos desenlaces posibles: la detención, el triunfo o un fracaso ridículo y lamentable.

Pero lo que pasó es que la curiosidad pública solo debía satisfacerse parcialmente y aquí, en estas páginas, por primera vez se descubre la auténtica verdad.

El martes 12 de marzo, el señor Gerbois recibió una notificación del Banco de Crédito Nacional, en un sobre de aspecto corriente.

El jueves a la una se subía al tren de París. A las dos, le entregaron los mil billetes de mil francos.

Mientras los contaba uno a uno temblando —¡era el dinero del rescate de Suzanne!— dos hombres charlaban en un coche parado a poca distancia de la entrada principal. Uno de ellos tenía el pelo canoso y un cuerpo atlético que desentonaban con su ropa y su aspecto de trabajador humilde. Era el inspector principal Ganimard, el viejo Ganimard, el enemigo implacable de Lupin.

—Ya no tardará. Antes de cinco minutos volveremos a ver a nuestro hombre. ¿Está todo preparado? —preguntó Ganimard al cabo Folenfant.

—Todo.

—¿Cuántos somos?

—Ocho, dos en bicicleta.

—Y yo, que cuento por tres. Es suficiente, pero no demasiado. Por nada del mundo se nos puede escapar Gerbois. Si no, sanseacabó: se reúne con Lupin en el punto de encuentro que habrán fijado, cambia a la señorita por el medio millón y listo.

—¿Pero por qué ese tipo no está con nosotros? ¡Sería muy fácil! Si jugara en nuestro equipo se quedaría con el millón entero.

—Sí, pero tiene miedo. Si intenta meter al otro en la cárcel no recuperará a su hija.

—¿A qué otro?

—A *él*.

Ganimard pronunció esa palabra con voz grave, un poco temeroso, como si hablara de un ser sobrenatural del que ya hubiera olfateado las garras.

—Resulta bastante curioso que nos veamos obligados a proteger a ese hombre en contra de su voluntad —señaló sensatamente el cabo Folenfant.

—¡Con Arsène Lupin el mundo es al revés! —añadió con un suspiro Ganimard. Transcurrió un minuto—. ¡Cuidado! —avisó el inspector. El señor Gerbois salía. Al final de la calle Capucines, continuó por el lado izquierdo de los bulevares. Se alejaba despacio, mirando los escaparates de las tiendas—. Demasiado tranquilo está nuestro sujeto —decía Ganimard—. Un individuo que lleva un millón en el bolsillo no tiene esa tranquilidad.

—¿Qué puede hacer?

—Bueno, nada, por supuesto. Da igual, yo no me fío. Estamos hablando de Lupin. —En ese momento, el señor Gerbois se acercó a un quiosco, compró unos periódicos, recogió el cambio, abrió una de las páginas y se puso a leer con los brazos estirados mientras seguía caminando a pasitos. Y, de pronto, se metió de un salto en un coche de servicio público que estaba aparcado en la acera. Como tenía el motor en marcha salió rápidamente, dobló por la Madeleine y desapareció—. ¡Por el amor de Dios! Otra jugada de las suyas. —Ganimard ya se había lanzado y otros hombres corrían a la vez, alrededor de la Madeleine. Pero el inspector estalló en carcajadas. El coche estaba quieto, averiado, en la entrada del bulevar Malesherbes y el señor Gerbois bajaba de él—. Rápido, Folenfant, el conductor, a lo mejor es ese Ernest.

Folenfant se ocupó del conductor. Era un tal Gaston, empleado de la empresa de coches de servicio público con motor; diez minutos antes un señor lo había parado y le había dicho que esperara «en marcha» cerca del quiosco, hasta que llegara otro señor.

—Y el segundo cliente ¿qué dirección le dio? —preguntó Folenfant.

—Ninguna. «Bulevar Malesherbes, avenida de Messine, doble propina». Eso es todo.

Pero durante ese tiempo el señor Gerbois sin perder ni un minuto había saltado al primer coche de servicio público que pasaba.

—Conductor, al metro de Concorde. —El profesor salió del metro en la plaza del Palais Royale, corrió hacia otro coche y pidió que lo llevara a la plaza de la Bourse. Segundo viaje en metro y luego, en la avenida de Villiers, tercer coche—. Conductor, a la calle Clapeyron, número 25.

Una casa que hace esquina separa el número 25 de la calle Clapeyron del bulevar de Batignolles. Gerbois subió a la primera planta y llamó al timbre. Un señor le abrió.

—¿Vive aquí el abogado Detinan?

—Sí, soy yo. Y usted seguramente será el señor Gerbois.

—Exacto.

—Estaba esperándolo, señor. ¿Quiere usted pasar?

Cuando el señor Gerbois entró en el despacho del abogado, el reloj marcaba las tres.

—Es la hora que me dijo. ¿No está? —preguntó inmediatamente el profesor.

—Aún no.

El señor Gerbois se sentó, se secó la frente y miró el reloj como si no supiera la hora.

—¿Vendrá? —insistió con ansiedad.

—Señor, me pregunta algo que es lo que más me gustaría saber del mundo. Nunca me había sentido tan impaciente. De todas maneras, si viene se arriesga mucho, esta casa lleva quince días muy vigilada. La policía no se fía de mí —le respondió el abogado.

—Y de mí aún menos. Tampoco aseguro que los agentes que llevaba pegados a los talones me hayan perdido la pista.

—Pero entonces...

—No será por mi culpa, no hay nada que reprocharme —gritó con vehemencia el profesor—. ¿Yo qué prometí? Obedecer las órdenes. Pues bien, he obedecido ciegamente las órdenes, he cobrado el dinero a la hora que él dijo y he venido a su despacho como ordenó. Responsable como soy de la desgracia de mi hija, he cumplido mis compromisos con total lealtad. Ahora le toca a él cumplir los suyos. ¿Traerá de vuelta a mi hija? —añadió con la misma voz ansiosa.

—Eso espero.

—Pero ¿usted lo ha visto?

—¿Yo? ¡Claro que no! Lupin solo me pidió, por carta, que los recibiera a ustedes dos, que despidiera a los criados antes de las tres y que no dejara entrar a nadie en mi casa desde que usted llegara hasta que él se fuera. Si no aceptaba, me rogaba que lo avisara con dos líneas en *L'Écho de France*. Pero estoy muy contento de hacer un favor a Arsène Lupin y acepto todo.

—¡Ay! ¿Cuándo acabará esto? —se lamentó el señor Gerbois.

Sacó los billetes del bolsillo, los extendió sobre la mesa e hizo dos montones con la misma cantidad. Luego, ambos se quedaron en silencio. De vez en cuando, el señor Gerbois aguzaba el oído. ¿No habían llamado?

Conforme transcurrían los minutos la angustia del profesor aumentaba y Detinan también tenía una sensación casi dolorosa.

Incluso hubo un momento en que el letrado perdió la sangre fría. Se levantó bruscamente.

—No vendrá. ¿Cómo quiere usted...? ¡Sería una locura! Él confía en nosotros, de acuerdo, somos personas honradas incapaces de traicionarlo. Pero el peligro no está solo aquí.

—¡Dios mío, que venga! Lo daría todo por recuperar a Suzanne —balbuceó el señor Gerbois, abatido, con las dos manos encima de los billetes.

Entonces se abrió la puerta.

—Bastará con la mitad, señor Gerbois.

Una persona estaba de pie en la puerta, un hombre joven y elegante. El señor Gerbois reconoció inmediatamente al individuo que lo había abordado cerca de la chamarilería de Versalles.

—¿Y Suzanne? ¿Dónde está mi hija? —dijo abalanzándose sobre él.

Arsène Lupin cerró la puerta con cuidado y, mientras se quitaba los guantes tranquilamente, se dirigió al abogado:

—Mi querido letrado, nunca podré agradecerle lo suficiente la amabilidad con la que aceptó defender mis derechos. No lo olvidaré.

—Pero no ha llamado al timbre. No he oído la puerta —murmuró Detinan.

—Los timbres y las puertas son cosas que deben funcionar sin que se oigan. De todas maneras aquí estoy, eso es lo importante.

—¡Mi hija! ¡Suzanne! ¿Qué ha hecho con ella? —repitió el profesor.

—Dios mío, señor, cuánta prisa tiene. Vamos, tranquilícese, en un rato podrá abrazar a su hija —dijo Lupin. Dio unas vueltas por la habitación y luego, con el tono de un gran señor que reparte alabanzas, añadió—: Señor Gerbois, le felicito por la habilidad con la que ha actuado hace un momento. Si el automóvil no hubiera tenido esa absurda avería, simplemente nos habríamos reunido en Étoile y le habríamos ahorrado las molestias de esta visita al señor Detinan. ¡Bueno!, estaba escrito. —Vio los dos fajos de billetes y exclamó—: ¡Ah, perfecto! Aquí está el millón. No perdamos el tiempo. ¿Me permite?

—Pero la señorita Gerbois no ha llegado aún —protestó Detinan poniéndose delante de la mesa.

—¿Y qué?

—¿No es imprescindible que ella esté?

—¡Entiendo! ¡Entiendo! Arsène Lupin solo inspira una confianza relativa. Se mete al bolsillo el medio millón y no entrega al rehén. ¡Ay, mi querido letrado, soy un gran desconocido! Como el destino me ha llevado a cometer actos de carácter un poco... especial..., sospechan de mi honestidad. ¡Mi honestidad! ¡Yo que soy una persona escrupulosa y cuidadosa! Además, querido letrado, si tiene miedo, abra la ventana y pida ayuda. Hay más de una docena de agentes en la calle.

—¿Usted cree?

Arsène Lupin apartó la cortina.

—Creo que el señor Gerbois es incapaz de despistar a Ganimard. ¿Qué les decía? ¡Ahí está mi gran amigo!

—¿Cómo es posible? —gritó el profesor—. Le juro...

—¿Que no me ha traicionado? No lo dudo, pero esos chicos son listos. ¡Vaya, veo a Folenfant! ¡Y a Gréaume! ¡Y a Dieuzy! ¡Bueno, a todos mis buenos amigos! —Detinan lo miraba sorprendido. ¡Qué tranquilidad! Lupin reía con una risa feliz, como si aquello fuera un divertido juego de niños y no lo amenazara ningún peligro. Al abogado lo tranquilizó más esa despreocupación que ver a los agentes. Se alejó de la mesa donde estaba el dinero. Arsène Lupin cogió los dos fajos de billetes, de cada uno quitó veinticinco mil francos y le dio a Detinan los cincuenta mil—: Tenga, abogado, sus honorarios de parte de Gerbois y de Arsène Lupin. Por lo menos esto le debemos.

—Ustedes no me deben nada —respondió Detinan.

—¿Cómo? ¡Y todos los perjuicios que le causamos!

—¡Y todo lo que disfruto con estos perjuicios!

—Es decir, querido abogado, que usted no quiere aceptar nada de Arsène Lupin. Esto es lo que supone tener mala fama —dijo suspirando. Entonces, le dio los cincuenta mil francos al profesor—. Señor, permítame que le entregue esto como recuerdo de nuestro feliz encuentro: será mi regalo de boda para la señorita Gerbois.

El señor Gerbois cogió rápidamente los billetes pero protestó:

—Mi hija no va a casarse.

—No se casará si le niega su consentimiento. Pero tiene muchas ganas.

—¿Y usted qué sabe?

—Sé que las chicas jóvenes a menudo se ilusionan sin el permiso de sus padres. Por suerte, hay genios bondadosos como Arsène Lupin que descubren el misterio de esos corazones hechizados dentro de los secreteres.

—¿Y no ha descubierto nada más? —preguntó Detinan—. Le confieso que me despierta una enorme curiosidad saber por qué ese mueble le llamó la atención.

—Por una razón histórica, querido abogado. Al contrario de lo que cree el señor Gerbois, aunque en el secreter no hubiera ningún tesoro, salvo el billete de lotería, y eso no lo sabía, yo lo quería y llevaba mucho tiempo buscándolo. Este secreter de madera de tejo y caoba, decorado con capiteles de hoja de acanto, se encontró en la discreta casita de Boulogne donde vivía Marie Walewska, y uno de los cajones tiene una inscripción: «Dedicado a Napoleón I, emperador de los franceses, de su muy fiel servidor, Mancion». Y debajo están grabadas a cuchillo estas palabras: «Para ti, Marie». Después, Napoleón mandó que lo copiaran para la emperatriz Josefina. Así que el secreter que se admiraba en la Malmaison solo era una copia imperfecta de este que ya forma parte de mi colección.

—¡Ay! Si lo hubiera sabido en la tienda, ¡qué rápido se lo habría vendido! —dijo el profesor lamentándose.

—Y además habría tenido el considerable beneficio de quedarse el número 514, serie 23 para usted solo —le respondió Arsène Lupin riendo.

—Lo que no le habría empujado a secuestrar a mi hija, que estará trastornada con todo esto.

—¿Con todo esto?

—El secuestro.

—Pero, mi querido amigo, comete un error. Nadie secuestró a la señorita Gerbois.

—¿¡No ha secuestrado a mi hija!?

—De ninguna manera. Quien habla de secuestro habla de violencia. Y su hija hizo de rehén voluntariamente.

—¿¡Voluntariamente!? —preguntó confundido el señor Gerbois.

—¡Casi nos lo pidió! ¡Ya lo creo! ¡Una chica inteligente como la señorita Gerbois, y que además cultiva en el fondo de su corazón una pasión oculta, no habría rechazado conseguir su dote! ¡Ay! Le juro que fue muy fácil hacerle entender que este era el único modo de vencer su testarudez.

El abogado se divertía mucho.

—Lo más difícil era ponerse de acuerdo con ella. Es inconcebible que la señorita Gerbois permitiera que se le acercaran —subrayó Detinan.

—¡Uy! A mí no. Yo ni siquiera tengo el privilegio de conocerla. Una amiga aceptó de buena gana iniciar las negociaciones.

—Probablemente será la mujer rubia del automóvil —interrumpió Detinan.

—Exacto. En la primera conversación, junto al colegio, todo quedaba resuelto. A partir de entonces, la señorita Gerbois y su nueva amiga han estado de viaje, visitando Bélgica y Holanda, de la forma más agradable e instructiva para una chica. Lo demás, se lo explicará ella misma. —Llamaron a la puerta, tres timbrazos rápidos, luego uno y luego uno—. Es su hija —dijo Lupin—. Querido letrado, ¿querría usted...? —El abogado corrió hacia la puerta. Entraron dos mujeres jóvenes. Una se lanzó a los brazos del señor Gerbois. La otra se acercó a Lupin. La segunda era alta, tenía una figura armoniosa, el rostro muy pálido y el pelo rubio, de un rubio reluciente, separado en dos mechones ondulados muy sueltos. Vestía de negro y solo llevaba una joya, un collar de azabache de cinco vueltas, pero parecía de una elegancia exquisita. Lupin le dijo algo y luego saludó a la señorita Gerbois—:

Señorita, discúlpeme por todos estos contratiempos, aunque espero que no haya estado muy triste.

—¡¿Triste!? Si no fuera por mi pobre padre habría sido muy feliz.

—Entonces todo ha ido bien. Abrace a su padre otra vez y aproveche la oportunidad, que es excelente, para hablarle de su primo.

—¿Mi primo? ¿Qué quiere decir? No entiendo.

—Claro que sí, sí entiende. Su primo Philippe, ese chico cuyas cartas conserva con tanto cuidado. —Suzanne se sonrojó, perdió la compostura y por fin se lanzó de nuevo a los brazos de su padre como le había sugerido Lupin. Él los miró emocionado—. ¡Cuánto recompensa hacer el bien! ¡Un espectáculo enternecedor! ¡El padre feliz y la hija feliz! ¡Pensar que esta felicidad es obra tuya, Lupin! Más adelante, estas personas te bendecirán y hablarán de ti con devoción a sus nietos. ¡Ay! ¡La familia! ¡La familia! —Se dirigió a la ventana—. ¿Sigue ahí el bueno de Ganimard? Cómo le gustaría presenciar estas encantadoras confidencias. Pues no, ya no está. Ya no hay nadie. Ni él ni los demás. ¡Maldita sea! La situación se complica. No sería de extrañar que ya estuvieran en el portal, o en la portería, ¡o incluso en la escalera! —Al señor Gerbois se le escapó un gesto. Ya había recuperado a su hija y volvía a ser consciente de la realidad. La detención de su enemigo significaba medio millón para él. Instintivamente dio un paso. Lupin se interpuso en su camino como por casualidad—. ¿Dónde va, señor Gerbois? ¿A defenderme de ellos? ¡Uy, qué amable! No se moleste. Además, le juro que ellos están en peor situación que yo. —Y añadió pensando en voz alta—: En el fondo, ¿qué saben? Que usted está aquí y quizá que la señorita Gerbois también, porque debieron de verla llegar con una mujer desconocida. Pero ¿yo? No lo pueden suponer. ¿Cómo iba a haber entrado en un edificio que registraron desde el sótano hasta el desván esta mañana? No, según todas las probabilidades, me esperan para atraparme al vuelo. ¡Pobres amigos! A no ser que adivinen que yo he enviado a la mujer desconocida y supongan que es la encargada de hacer el intercambio, en cuyo caso se disponen a detenerla cuando se marche.

—Sonó el timbre. Lupin inmovilizó a Gerbois con un gesto brusco. Y con voz seca e imperativa dijo—: Alto ahí, señor, piense en su hija y sea razonable, de lo contrario... Y usted, Detinan, tengo su palabra. —El señor Gerbois se quedó clavado en el sitio. El abogado no se movió. Sin la menor prisa, Lupin tomó su sombrero. Tenía un poco de polvo que limpió con el interior de la manga—. Querido letrado, si alguna vez me necesita... Señorita Suzanne, le deseo lo mejor y recuerdos a su primo Philippe. —Sacó del bolsillo un reloj muy pesado con caja doble de oro y añadió—: Señor Gerbois, son las tres y cuarenta y dos minutos; a las tres y cuarenta y seis, le autorizo a salir del salón. Ni un minuto antes de las tres y cuarenta y seis, ¿queda claro?

—Pero entrarán por la fuerza —no pudo evitar decir Detinan.

—¡Se olvida de la ley, mi querido letrado! Ganimard jamás se atrevería a violar el domicilio de un ciudadano francés. Tendríamos tiempo de jugar una buena partida de bridge. Pero, perdónenme, los tres parecen algo emocionados y no quisiera abusar. —Dejó el reloj encima de la mesa, abrió la puerta del salón y se dirigió a la mujer rubia—: ¿Preparada, querida amiga? —La dejó pasar, se despidió muy respetuosamente por última vez de la señorita Gerbois, salió y cerró la puerta. Y oyeron que desde el vestíbulo decía en voz alta—: Buenos días, Ganimard, ¿cómo está? Salude de mi parte a la señora Ganimard. Cualquier día de estos iré para que me invite a almorzar. Adiós, Ganimard.

Otro timbrazo brusco, violento, luego unos golpes seguidos y ruido de voces en el rellano.

—La tres y cuarenta y cinco —balbuceó el señor Gerbois.

Esperó unos segundos y salió al vestíbulo con decisión. Lupin y la mujer rubia ya no estaban.

—¡Padre, no! ¡Espera! —gritó Suzanne.

—¿Que espere? ¡Tú estás loca! Miramientos con ese bandido... ¿Y el medio millón?

Gerbois abrió la puerta.

Ganimard se abalanzó al interior.

—¿Dónde está la mujer? ¿Y Lupin?

—Estaba aquí... Estaba aquí...

Ganimard soltó un grito triunfal:

—¡Lo tenemos, la casa está rodeada!

—¿Y la escalera de servicio? —señaló Detinan.

—La escalera de servicio lleva al patio y solo hay una salida, la puerta principal: diez hombres la vigilan.

—Pero Lupin no entró por la puerta principal. Tampoco se irá por ahí.

—Y entonces, ¿por dónde? ¿Por el aire? —respondió Ganimard. Apartó una cortina. Vio un pasillo largo que llevaba a la cocina. Lo cruzó corriendo y comprobó que la puerta de la escalera de servicio estaba cerrada con doble llave. Desde la ventana, llamó a un agente—: ¿Nadie?

—Nadie.

—Entonces, ¡están en la casa! —gritó—. ¡Se han escondido en alguna de las habitaciones! Es materialmente imposible que se hayan escapado. ¡Ay!, amigo Lupin, te has burlado de mí, pero llega la revancha.

A las siete de la tarde, el señor Dudouis, jefe de la Seguridad, extrañado por no tener noticias, se presentó en la calle Clapeyron. Interrogó a los agentes que vigilaban el edificio y luego subió a casa de Detinan, quien lo llevó a su dormitorio. Allí vio a un hombre o, mejor dicho, dos piernas que se revolvían encima de la alfombra, mientras el cuerpo al que pertenecían estaba metido en las profundidades de la chimenea.

—¡Eh! ¡Eh! —se desgañitaba una voz ahogada.

—¡Eh! ¡Eh! —respondía otra voz más lejana, que llegaba de arriba.

—Pero bueno, Ganimard, ¿tiene que hacer de deshollinador? —gritó riendo el señor Dudouis.

El inspector salió de las entrañas de la chimenea. Estaba irreconocible con la cara negra, la ropa llena de hollín y echando chispas por los ojos.

—Lo estoy buscando —gruñó.

—¿A quién?

—A Arsène Lupin. A Arsène Lupin y a su amiga.

—¡Ah! ¿Y usted cree que se esconden en el tiro de la chimenea?

Ganimard se levantó y apoyó los cinco dedos del color del carbón en la manga de su superior.

—¿Dónde quiere que estén, jefe? Tienen que estar en algún sitio. Son personas como usted y como yo, de carne y hueso. Y esas dos personas no se esfuman —respondió con voz ahogada y rabiosa.

—No, pero se van de todos modos.

—¿Por dónde? ¿Por dónde? ¡La casa está rodeada! Hay agentes en el tejado.

—¿Y en la casa de al lado?

—No se comunican.

—¿Y en los pisos de otras plantas?

—Conozco a todos los inquilinos: no han visto a nadie, no han oído nada.

—¿Está seguro de que los conoce a todos?

—A todos. El portero responde por ellos. Además, para mayor precaución, he dejado a un hombre en cada uno de los pisos.

—Entonces, tiene que echarle el guante.

—Eso es lo que yo digo, jefe, es lo que digo. Tengo que hacerlo y así será, porque los dos están aquí. ¡Es imposible que no estén! Jefe, quédese tranquilo, si no es esta noche, los atraparé mañana. ¡Dormiré aquí! ¡Dormiré aquí! —Y durmió allí y al día siguiente también y al otro igual. Tres días y tres noches después, no había encontrado al escurridizo Lupin ni a su también escurridiza compañera, ni siquiera había descubierto una pequeña pista que le permitiera establecer una mínima hipótesis. Por eso mantenía su primera opinión—: ¡Mientras no haya ningún rastro de su huida, siguen aquí!

A lo mejor en su fuero interno no estaba tan convencido, pero no quería reconocerlo. No, de ninguna manera, un hombre y una mujer no desaparecen como los genios malvados de los cuentos infantiles. Y seguía registrando e investigando sin desanimarse, como si esperara encontrarlos escondidos en algún refugio impenetrable o integrados en las piedras de la casa.

2

EL DIAMANTE AZUL

La noche del 27 de marzo, en el 134 de la avenida Henri-Martin, el anciano general barón d'Hautrec, embajador en Berlín durante el Segundo Imperio, dormía hundido en un cómodo sillón, en el pequeño palacete que había heredado de su hermano seis meses antes, mientras la dama de compañía le leía un libro y la hermana Auguste le calentaba la cama y encendía la lamparita de noche.

A las once, la religiosa, que ese día excepcionalmente tenía que regresar al convento y pasar la noche con la madre superiora, avisó a la dama de compañía:

—Señorita Antoinette, he terminado mis labores, me voy.

—Bien, hermana.

—Ante todo, no olvide que la cocinera tiene la noche libre y que se queda sola en el palacete con el criado.

—No se preocupe por el barón, yo duermo en la habitación contigua como hemos decidido y dejaré la puerta abierta.

La religiosa se marchó. Un rato después Charles, el criado, fue a recibir órdenes.

El barón se había despertado y él mismo se las dio:

—Charles, como siempre, compruebe que el timbre de su habitación funciona y a la primera que suene baje y corra a buscar al médico.

—Mi general sigue preocupado.

—No me siento bien, no me siento muy bien... Venga, señorita Antoinette, ¿por dónde íbamos?

—Entonces, ¿no se acuesta ya, señor barón?

—No, claro que no, yo me retiro muy tarde y, por cierto, no necesito ayuda.

Veinte minutos después, el anciano estaba dormitando otra vez y Antoinette se alejaba de puntillas.

En ese momento, Charles, como de costumbre, cerraba cuidadosamente todas las contraventanas de la planta baja.

Echó el cerrojo a la puerta de la cocina que daba al jardín y puso la cadena de seguridad en la del vestíbulo. Luego subió a su habitación en la buhardilla de la tercera planta, se acostó y se durmió.

Más o menos una hora después, Charles saltó de pronto de la cama: sonaba el timbre. Sonó bastante rato, siete u ocho segundos quizá, de manera pausada e ininterrumpida.

«Bueno —pensó Charles espabilándose—, otro antojo del barón.»

Se vistió, bajó rápidamente la escalera, se detuvo delante de la puerta y, por costumbre, llamó. Nadie respondió. Entró.

—Qué raro —murmuró—, no hay luz, ¿por qué diablos la habrán apagado? —Y en voz baja llamó—: ¿Señorita? —Ninguna respuesta—. ¿Señorita, está usted ahí? ¿Qué ocurre? ¿El señor barón está enfermo? —El mismo silencio a su alrededor, un silencio pesado que acabó impresionándolo. Avanzó dos pasos, el pie chocó con una silla, cuando la tocó, se dio cuenta de que estaba tirada. Inmediatamente encontró con la mano otros objetos en el suelo: un velador y un biombo. Preocupado, volvió hacia la pared y buscó a tientas el interruptor de la luz. Dio con él y lo giró. En mitad de la habitación, entre la mesa y un armario con espejo, yacía el cuerpo de su jefe, el barón d'Hautrec—. ¡¿Pero cómo es posible!? —dijo balbuceando. No sabía qué hacer, sin moverse, se quedó mirando con los ojos como platos el desorden de la habitación: las sillas caídas, un candelabro enorme de cristal roto en mil pedazos, el reloj de pared tirado encima del mármol de la chimenea. Todos los rastros que revelaban una pelea espantosa y salvaje. Cerca del cadáver brillaba el mango de un estilete de acero. La hoja goteaba sangre. En la mesa colgaba un pañuelo con manchas rojas. Charles gritó de terror: el cuerpo se había tensado con un último esfuerzo y luego se había contraído. Dos o tres sacudidas y nada más. El criado se agachó. La sangre caía de una fina herida en el cuello y moteaba la alfombra de manchas negras. La cara seguía con una expresión de terror desmedido—. Lo han matado —balbuceó Charles—, lo han matado. —Y se estremeció ante la idea de otro posible crimen: ¿dormía la señorita de compañía en la habitación contigua? ¿También la habría matado el asesino del barón? Abrió la puerta: la habitación estaba vacía. Dedujo que la habían secuestrado o que se había marchado antes del crimen. Volvió al dormitorio del barón, cuando vio el secreter, se dio cuenta de que no lo habían forzado. Y aún más, vio un puñado de luises de oro encima de la mesa junto al manojo de llaves y la cartera que el barón dejaba allí todas las noches. El criado agarró la cartera y la abrió. En uno de los compartimentos había billetes. Los contó: mil trescientos francos. Y fue más fuerte que él: instintivamente, mecánicamente, incluso sin que su pensamiento participara en el gesto de la mano, cogió el dinero, se lo escondió en la chaqueta, bajó corriendo la escalera, quitó el cerrojo, abrió la cadena, volvió a cerrar la puerta y huyó por el jardín. Charles era un hombre honrado. Cuando recibió el aire de la calle y la lluvia le refrescó la cara, antes siquiera de cerrar la verja, se detuvo. El acto que había cometido se le revelaba con toda claridad y de repente le horrorizaba. Pasó un coche de punto y llamó al cochero—: Compañero, ve volando al cuartel de la policía y trae al comisario. ¡Al galope!

El cochero fustigó al caballo. Pero cuando Charles quiso regresar a casa no pudo: había cerrado la puerta de la verja y no se abría desde fuera.

También era inútil llamar al timbre, porque no había nadie en el palacete.

Así que estuvo paseando delante de esos jardines que forman los agradables lindes de arbustos verdes bien tallados en la avenida, por el lado de la Muette. Después de una hora esperando, pudo por fin contar al comisario los detalles del crimen y entregarle los mil trescientos francos.

Mientras tanto, reclutaron a un cerrajero que consiguió descerrajar la puerta de la verja del jardín y la del vestíbulo con mucho esfuerzo. El comisario subió a la habitación del barón e inmediatamente, al primer vistazo, le señaló al criado:

—¡Vaya! Usted me dijo que la habitación estaba completamente desordenada.

El comisario se volvió. Charles parecía clavado en la puerta, hipnotizado: ¡todos los muebles habían recuperado su sitio habitual! El velador estaba de pie entre las dos ventanas, las sillas levantadas y el reloj en el medio de la chimenea. Los añicos del candelabro habían desaparecido.

—El cadáver... El señor barón... —articuló el criado boquiabierto.

—Por cierto, ¿¡dónde está la víctima!? —gritó el comisario.

El policía se acercó a la cama. El general barón d'Hautrec, antiguo embajador de Francia en Berlín, reposaba debajo de una sábana enorme que apartó el comisario. Lo cubría la hopalanda de general con la Cruz de Honor.

Tenía un gesto sereno y los ojos cerrados.

—Alguien ha entrado —balbuceó el criado.

—¿Por dónde?

—No lo sé, pero alguien ha entrado cuando yo no estaba. Mire, aquí, en el suelo, había un puñal muy fino de acero. Y en la mesa un pañuelo con sangre... Ya no están. Se lo ha llevado todo. Ha ordenado todo.

—¿Quién?

—¡El asesino!

—Nosotros encontramos todas las puertas cerradas.

—Porque se quedó en el palacete.

—Entonces, aún estaría aquí, usted no se movió de la acera.

El criado se quedó pensando.

—Es cierto, es cierto, no me alejé de la verja, pero... —dijo lentamente.

—Veamos, ¿a quién vio por última vez cerca del barón?

—A la señorita Antoinette, la dama de compañía.

—¿Y qué ha sido de ella?

—En mi opinión, la señorita aprovechó que no estaba la hermana Auguste y también se fue. Su cama ni siquiera estaba deshecha. No me extrañaría que, a mitad de la noche... Es guapa, joven...

—¿Y cómo habría salido?

—Por la puerta.

—¡Pero usted echó el cerrojo y puso la cadena!

—Mucho más tarde. Para entonces ya se habría ido.

—¿Y el crimen se cometió después de que se marchara?

—Evidentemente.

Buscaron por la casa de arriba abajo, en el desván y en el sótano, pero el asesino había huido. ¿Cómo? ¿Cuando? ¿Fue él o un cómplice quien consideró oportuno volver a la escena del crimen para llevarse todo lo que pudiera incriminarlo? Esas eran las preguntas que se hacía la justicia.

A las siete llegó el forense y a las ocho el jefe de la Seguridad. Luego le tocó el turno al fiscal de la República y al juez de instrucción. Y también andaban estorbando por el palacete agentes, inspectores, periodistas, el sobrino del barón d'Hautrec y otros familiares.

Registraron, estudiaron la posición del cadáver según el recuerdo de Charles e interrogaron a la hermana Auguste cuando llegó. No descubrieron nada nuevo. A lo sumo, a la hermana Auguste le extrañaba la desaparición de Antoinette Bréhat. Había contratado a la chica doce días antes por sus excelentes referencias y se negaba a creer que esa joven hubiera podido abandonar a un enfermo que estaba a su cuidado para andar ella sola por ahí, de noche.

—Sobre todo porque, en ese caso, ya habría regresado a casa —recalcó el juez de instrucción—. Así que volvemos al mismo punto: ¿qué ha sido de ella?

—Yo creo que la secuestró el asesino —insistió Charles.

La hipótesis era plausible y coincidía con algunos indicios.

—¿Secuestrada? Desde luego, eso no es inverosímil.

—No solo inverosímil sino también completamente contrario a los hechos y a los resultados de la investigación, en resumen, a la evidencia —dijo una voz.

La voz era bronca, de tono descortés y nadie se sorprendió al reconocer a Ganimard. Por cierto, solo a él podía perdonársele esa manera algo insolente de expresarse.

—¡Vaya, es usted, Ganimard! —exclamó el señor Dudouis—. No lo había visto.

—Llevo aquí dos horas.

—¿Así que le interesa algo más que el billete de lotería 514, serie 23, el caso de la calle Clapeyron, la mujer rubia y Arsène Lupin?

—¡Ja, ja! —rio sarcásticamente el viejo inspector—. Yo no descartaría que Lupin tuviera algo que ver con esto. Pero, hasta nueva orden, dejemos de lado el asunto del billete de lotería y veamos qué tenemos aquí. —Ganimard no es de esos policías de renombre cuyos procedimientos crean escuela y cuyo nombre pasará a los anales de la justicia. Le faltan esos destellos de genialidad que iluminan a gentes como Dupin, Lecoq y Sherlock Holmes. Pero tiene cualidades medias excelentes, capacidad de observación, astucia, perseverancia e incluso intuición. Su mérito es trabajar con total independencia. Nada le perturba ni le influye salvo, quizás, esa especie de fascinación que Lupin ejerce sobre él. En cualquier caso, aquella mañana su cometido fue destacable y su colaboración de las que un juez sabe apreciar—. En primer lugar —empezó—, yo pediría al señor Charles que precise este punto: ¿todos los objetos que vio tirados o en desorden la primera vez estaban exactamente en su sitio habitual en la segunda ocasión?

—Exactamente.

—Por lo tanto, resulta evidente que solo pudo volver a colocarlos una persona que estuviera familiarizada con el sitio de cada uno de esos objetos. —La observación impresionó a los presentes. Y Ganimard agregó—: Señor Charles, otra pregunta: a usted lo despertó un timbre, ¿quién cree que lo llamaba?

—El señor barón, ¡claro!

—De acuerdo, pero ¿en qué momento habría tocado el timbre?

—Después de la pelea, en el momento de morir.

—Imposible, porque usted lo encontró tumbado, sin vida, a más de cuatro metros de distancia del botón del timbre.

—Entonces, llamó durante la pelea.

—Imposible, porque usted dijo que el timbrazo fue regular, ininterrumpido y que duró siete u ocho segundos. ¿Usted cree que el agresor le habría dado la oportunidad de tocar el timbre así?

—Entonces, sería antes, cuando lo atacaron.

—Imposible, usted nos dijo que entre el timbrazo y el instante en que usted entró en la habitación transcurrieron como mucho tres minutos. Así que, si el barón hubiera llamado antes, la pelea, el asesinato, la agonía y la fuga se habrían desarrollado en el corto espacio de tiempo de tres minutos. Repito, es imposible.

—Pues alguien tocó el timbre —dijo el juez de instrucción—. Si no fue el barón, ¿quién?

—El asesino.

—¿Con qué intención?

—Lo ignoro. Pero, al menos, el hecho de que tocara el timbre demuestra que debía saber que comunicaba con la habitación de un criado. Ahora bien, ¿quién podría saber ese detalle salvo una persona de la propia casa?

El círculo de conjeturas se estrechaba. Ganimard situaba la cuestión en su auténtico terreno con unas pocas frases rápidas, claras y lógicas; se notaba claramente lo que pensaba, por eso pareció normal que el juez de instrucción concluyera:

—Bueno, en resumen, usted sospecha de Antoinette Bréhat.

—No sospecho, la acuso.

—¿La acusa de complicidad?

—La acuso de haber matado al general barón d'Hautrec.

—¡Por favor! ¿Y con qué pruebas?

—Con este mechón de pelo que encontré en la mano derecha de la víctima, lo clavó en su propia carne con las uñas.

Ganimard les enseñó el pelo; era de un rubio resplandeciente, luminoso, como hilos de oro.

—Sin duda es el pelo de la señorita Antoinette. No cabe duda —murmuró Charles. Y añadió—: Además, hay otra cosa, estoy seguro de que el cuchillo, el que no vi la segunda vez, era suyo. Lo utilizaba para cortar las páginas de los libros.

Se hizo un silencio largo y pesado, como si el crimen fuera más aborrecible porque lo hubiese cometido una mujer.

—Admitamos, hasta más amplio informe, que Antoinette Bréhat haya matado al barón. Aún habría que explicar por dónde pudo salir después del crimen, por dónde entró después de que se marchara el señor Charles y por dónde volvió a salir antes de que llegara el comisario —señaló el juez de instrucción—. Señor Ganimard, ¿tiene usted alguna opinión sobre esto?

—Ninguna.

—¿Entonces?

Ganimard pareció incómodo. Al final, esforzándose visiblemente, respondió:

—Todo lo que puedo decir es que vuelvo a encontrarme con el mismo procedimiento que en el caso del billete 514, serie 23, el mismo fenómeno que podríamos llamar la facultad para desaparecer. Antoinette Bréhat aparece y desaparece del palacete tan misteriosamente como Arsène Lupin entró en casa de Detinan y huyó con la mujer rubia.

—¿Qué significa eso?

—Significa que no puedo dejar de pensar en estas dos coincidencias, cuando menos extrañas: en primer lugar, la hermana Auguste contrató a Antoinette Bréhat hace doce días, es decir, al día siguiente de que la mujer rubia se me fuera de las manos. Y, en segundo lugar, el pelo de la mujer rubia es exactamente del mismo color fuerte y tiene el mismo brillo metálico con reflejos dorados que este.

—Así que, según usted, Antoinette Bréhat...

—Es la mujer rubia.

—¿Y Lupin ha tramado los dos casos?

—Eso creo.

Se oyó una carcajada. Era el jefe de la Seguridad, muy divertido.

—¡Lupin! ¡Siempre Lupin! ¡Lupin está en todo, Lupin está en todas partes!

—Lupin está donde está —subrayó Ganimard humillado.

—Pero para estar en algún sitio necesita motivos —señaló el señor Dudouis—, y los motivos me parecen dudosos en este caso. No forzaron el secreter ni robaron la cartera. Incluso sigue habiendo oro en la mesa.

—Sí —gritó Ganimard—. ¿Y el legendario diamante?

—¿Qué diamante?

—¡El diamante azul! El famoso diamante de la corona real de Francia, que el duque d'A. regaló a Léonide L. y el barón d'Hautrec compró cuando ella murió, en recuerdo de la brillante actriz a la que había amado apasionadamente. Un viejo parisiense como yo no olvida una historia así.

—Es obvio, si el diamante azul no aparece, se aclararía todo —dijo el juez de instrucción—. Pero ¿dónde buscamos?

—En el dedo del señor barón —respondió Charles—. Nunca se quitaba el diamante azul de la mano izquierda.

—Yo vi la mano —aseguró Ganimard, mientras se acercaba a la víctima—, y, como pueden comprobar, solo hay una sencilla alianza de oro.

—Mire la palma —insistió el criado.

Ganimard abrió los dedos crispados. El engaste estaba girado hacia el interior de la mano y en medio de ese engaste resplandecía el diamante azul.

—Demonios —murmuró Ganimard muy sorprendido—, ya no entiendo nada.

—Espero que renuncie a sospechar de ese pobre Lupin —dijo riendo sarcásticamente el señor Dudouis.

Ganimard se quedó callado un momento, pensativo.

—Precisamente cuando ya no entiendo nada, sospecho de Arsène Lupin —respondió con tono solemne.

Estas fueron las primeras constataciones de la justicia al día siguiente de aquel extraño crimen. Unas constataciones imprecisas e incoherentes, a las que el desarrollo de la instrucción no aportó ni coherencia ni certeza. Las idas y venidas de Antoinette Bréhat siguieron siendo completamente inexplicables, igual que las de la mujer rubia, ni tampoco se supo quién era esa misteriosa criatura de cabello dorado que había matado al barón d'Hautrec y no le había quitado del dedo el fabuloso diamante de la corona real de Francia.

Pero la curiosidad que esa mujer despertaba daba al caso, más que cualquier otra cosa, el relieve de un gran crimen que exasperaba a la opinión pública.

Ese reclamo solo podía beneficiar a los herederos del barón d'Hautrec. En el propio palacete de la avenida Henri-Martin, organizaron una exposición de los muebles y objetos que iban a subastarse en la sala Drouot. Muebles modernos y de escaso gusto, objetos sin valor artístico, pero, en el centro de la habitación, en una peana cubierta de terciopelo granate, resplandecía el anillo con el diamante azul, protegido dentro de una campana de cristal y vigilado por dos agentes.

Un diamante magnífico, enorme, de una pureza incomparable y de ese color azul indefinido del agua clara que refleja el cielo, ese que se adivina en la ropa blanca. Todos admiraban, se extasiaban y observaban con horror la habitación de la víctima, el lugar donde yacía el cadáver, el parqué sin la alfombra ensangrentada y las paredes, sobre todo las paredes infranqueables que había traspasado la asesina. Los visitantes se aseguraban de que el mármol de la chimenea no se movía y de que determinada moldura del espejo no ocultaba un mecanismo que lo hacía girar. Imaginaban agujeros enormes, orificios de túneles, accesos a las cloacas y a las catacumbas.

El diamante azul salió a la venta en la casa Drouot. El gentío se agolpaba y el entusiasmo por la subasta se exacerbó hasta la locura.

Allí estaba la flor y nata de las grandes ocasiones, los que compran y los que quieren hacer creer que pueden comprar, corredores de bolsa, artistas, mujeres de todas las condiciones, ministros, un tenor italiano y un rey en el exilio que, para consolidar su prestigio, se permitió el lujo de subir la puja, con mucho aplomo y voz vibrante, hasta los cien mil francos. ¡Cien mil francos! Podía ofrecerlos sin comprometerse. El tenor italiano arriesgó ciento cincuenta y una socia de la Comédie-Française, ciento setenta y cinco.

Sin embargo, los aficionados se desanimaron a los doscientos mil francos. A los doscientos cincuenta mil, solo quedaban dos postores: Herschmann, el famoso financiero, el rey de las minas de oro, y la condesa de Crozon, la riquísima americana que tenía una reputada colección de diamantes y piedras preciosas.

—Doscientos sesenta mil..., doscientos setenta mil..., setenta y cinco..., ochenta... —decía el subastador interrogando sucesivamente con la mirada a los dos competidores—. Doscientos ochenta mil para la señora. ¿Alguien da más?

—Trescientos mil —murmuró Herschmann.

Silencio. Todos observaban a la condesa de Crozon. De pie, sonriente, pero con una palidez que revelaba su inquietud, se apoyaba en el respaldo de la silla colocada delante de ella. En realidad, la condesa y todos los asistentes lo sabían, el resultado del duelo era incuestionable: lógica y necesariamente terminaría a favor del financiero, que atendía sus caprichos con una fortuna de más de cincuenta millones. Aun así, la condesa pronunció:

—Trescientos cinco mil.

De nuevo un silencio. El público se volvió hacia el rey de las minas, esperando la inevitable sobrepuja. Seguro que iba a producirse fuerte, brutal y definitiva.

Pero no se produjo. Herschmann siguió impasible, con la mirada fija en una hoja de papel que sujetaba con la mano derecha, mientras en la otra tenía los trozos de un sobre rasgado.

—Trescientos cinco mil —repitió el subastador—. ¿A la una? ¿A las dos? Aún hay tiempo. ¿Nadie ofrece más? Repito: ¿a la una? ¿A las dos?...

Herschmann no se inmutó. Un último silencio. El mazo cayó.

—Cuatrocientos mil —gritó Herschmann sobresaltado, como si el ruido del mazo lo hubiera sacado de su letargo.

Demasiado tarde. La adjudicación era irrevocable.

Los presentes se agruparon alrededor del financiero. ¿Qué había pasado? ¿Por qué no había sobrepujado antes?

Herschmann se echó a reír.

—¿Qué ha pasado? Pues tienen razón, no lo sé. Me he despistado un instante.

—¿Cómo es posible?

—Pues sí, me han entregado una carta.

—Y esa carta ha bastado...

—Sí, para alterarme en ese momento.

Ganimard estaba allí. Había asistido a la subasta del anillo. Se acercó a uno de los botones de la sala.

—¿Entregó usted una carta al señor Herschmann?

—Sí.

—¿De parte de quién?

—De parte de una señora.

—¿Dónde está esa señora?

—¿Dónde está? Mire, señor, allí, la señora que lleva un velo tupido.

—¿La que se va?

—Sí.

Ganimard se abalanzó hacia la puerta y vio a la mujer bajando la escalera. El policía echó a correr. Una multitud de gente lo detuvo cerca de la entrada. Fuera, ya no la encontró.

Regresó a la sala y abordó a Herschmann, se presentó y lo interrogó sobre la carta. Herschmann se la entregó: tenía escritas a lápiz, apresuradamente, con una letra que el financiero no conocía, estas pocas palabras: «El diamante azul trae mala suerte. Recuerde al barón d'Hautrec».

Las calamidades del diamante azul no habían acabado, ya era conocido por el asesinato del barón d'Hautrec y los incidentes en la casa Drouot, pero, seis meses después, alcanzaría su máxima fama. Porque ese verano robaban a la condesa de Crozon la preciosa joya que tantos esfuerzos le había costado conseguir.

Ahora que por fin tengo permiso para arrojar algo de luz sobre este curioso caso, cuyas emotivas y dramáticas peripecias nos apasionaron a todos, vamos a resumirlo.

La noche del 10 de agosto, los invitados de los señores de Crozon estaban reunidos en el salón del magnífico castillo que domina la bahía del río Somme. Estuvieron tocando música. La condesa se puso al piano y dejó en un mueblecito, cerca del instrumento, sus joyas, entre ellas el anillo del barón d'Hautrec. Una hora más tarde, el conde, sus dos primos, los d'Andelle, y la señora de Réal, una amiga íntima de la condesa se retiraron. Esta se quedó sola con el señor Bleichen, cónsul de Austria, y su mujer.

Charlaron un rato, luego la condesa apagó una lámpara grande colocada en una mesa del salón. En ese preciso momento, el señor Bleichen apagaba las dos lámparas del piano. Hubo un instante de oscuridad, un poco de confusión, después el cónsul encendió una vela y los tres se retiraron a sus habitaciones. Pero, en cuanto la condesa llegó a la suya, se acordó de las joyas y mandó a la doncella a buscarlas. La doncella regresó con las joyas y las dejó encima de la chimenea, pero su señora no las revisó. Al día siguiente, la señora de Crozon comprobó que faltaba un anillo, el anillo del diamante azul.

La condesa avisó a su marido. Inmediatamente llegaron a una conclusión: la doncella estaba fuera de cualquier sospecha, el culpable solo podía ser el señor Bleichen.

El conde informó al comisario central de Amiens, que abrió una investigación y, discretamente, organizó una vigilancia activa para que el cónsul de Austria no pudiera vender ni enviar el anillo.

Los agentes rodearon el castillo día y noche.

Transcurrieron dos semanas sin el menor incidente. El señor Bleichen anunció que se marchaba. Ese día se presentó una denuncia contra él. El comisario intervino y ordenó registrar el equipaje. En una bolsa de viaje pequeña, que se cerraba con una llave de la que el cónsul jamás se separaba, encontraron un frasco de dentífrico en polvo; y en el frasco, ¡el anillo!

La señora Bleichen se desmayó. Detuvieron a su marido.

Todos recordamos la línea de defensa que siguió el acusado. Decía que solo una venganza personal del señor de Crozon podía explicar que el anillo estuviera entre sus efectos personales. «El conde es violento y hace muy desgraciada a su mujer. Yo mantuve una larga conversación con la condesa y la animé vehementemente a que se divorciara. El conde se enteró y se vengó cogiendo el anillo; luego, cuando anuncié mi marcha lo metió en mi neceser.» El conde y la condesa mantuvieron con firmeza la denuncia. Sus explicaciones y las del cónsul eran igualmente posibles y probables, el público solo tenía que elegir. Ningún hecho nuevo hizo inclinarse la balanza. Un mes de habladurías, conjeturas e investigaciones no aportó ni una sola evidencia.

Los señores de Crozon, incomodos por los rumores e incapaces de presentar la prueba evidente de culpabilidad que justificara su acusación, pidieron que les enviaran de París un agente de la Seguridad cualificado para desenredar los hilos de la madeja. Enviaron a Ganimard.

El viejo inspector principal pasó cuatro días husmeando, chismorreando y paseando por el jardín, tuvo largas conversaciones con la criada, el chófer, los jardineros, los empleados de las estafetas de correos más próximas y registró las habitaciones de los Bleichen, de los primos d'Andelle y de la señora de Réal. Luego, una mañana desapareció sin despedirse de sus anfitriones.

Pero una semana después los condes recibieron un telegrama: «Les ruego que mañana viernes, a las cinco de la tarde, acudan al salón de té japonés de la calle Boissy-d'Anglas. Ganimard».

A las cinco en punto de ese viernes, el automóvil de los condes se detenía en el número 9 de la calle Boissy-d'Anglas. El inspector esperaba en la acera y, sin ninguna explicación, los llevó a la primera planta del salón de té japonés.

Ganimard les presentó a dos personas que había en uno de los salones:

—El señor Gerbois, profesor del instituto de Versalles. Recordarán ustedes que Arsène Lupin le robó medio millón. El señor Léonce d'Hautrec, sobrino y heredero universal del barón d'Hautrec.

Los cuatro se sentaron. Pocos minutos después llegó una quinta persona. Era el jefe de la Seguridad.

El señor Dudouis parecía de bastante mal humor. Saludó y dijo:

—Ganimard, ¿y ahora qué ocurre? En la prefectura me entregaron su telegrama telefónico. ¿Va en serio?

—Muy en serio, jefe. Las últimas aventuras en las que he colaborado se resolverán aquí, antes de una hora. Su presencia me pareció indispensable.

—¿Y también la de Dieuzy y Folenfant? Los he visto abajo, en la puerta.

—Sí, jefe.

—¿Y por qué? ¿Hablamos de una detención? ¡Vaya montaje! Vamos, Ganimard, lo escuchamos.

Ganimard titubeó un instante.

—En primer lugar, les aseguro que el señor Bleichen no tiene nada que ver con el robo del anillo —dijo, con la clara intención de sorprender a los asistentes.

—¡Ah! ¡Ah! Es una simple afirmación, pero muy seria —asintió Dudouis.

—¿Y todos sus esfuerzos se reducen a ese descubrimiento? —preguntó el conde.

—No, señor. Al día siguiente del robo, tres de sus invitados hicieron una excursión en automóvil y casualmente llegaron a Crécy. Mientras dos visitaban el famoso campo de batalla, el tercero iba deprisa y corriendo a la estafeta de correos y enviaba una cajita atada con un cordel, sellada reglamentariamente, que declaró por un valor de cien francos.

—Algo de lo más normal —protestó el señor de Crozon.

—Tal vez le parezca menos normal que esa persona pusiera como remitente el nombre de Rousseau, en lugar del suyo verdadero, y que el destinatario, un tal señor Beloux, con residencia en París, se mudara la misma noche que recibía el paquete, es decir, el anillo.

—¿Tal vez hablamos de uno de los d'Andelle? —preguntó el conde.

—No, no hablamos de esos señores.

—Entonces, ¿la señora de Réal?

—Sí.

—¿Está usted acusando a mi amiga, la señora de Réal? —gritó la condesa, atónita.

—Una pregunta fácil, condesa. ¿La señora de Réal asistió a la subasta del diamante azul? —dijo Ganimard.

—Sí, pero por su cuenta. No estuvimos juntas.

—¿Ella le recomendó comprar el anillo?

La condesa puso en orden sus recuerdos.

—Sí, así es, incluso creo que fue la primera que me habló del anillo.

—Señora, tomo nota de su respuesta. Queda confirmado que la señora de Réal fue la primera que le habló de ese anillo y que le recomendó comprarlo.

—Pero mi amiga es incapaz...

—Perdón, perdón, la señora de Réal solo es una amiga ocasional y no una amiga íntima, como publicaron los periódicos, lo que la alejó de cualquier sospecha. Usted la conoció este invierno. Pues bien, me comprometo a demostrar que todo lo que le contó sobre ella misma, su pasado y sus amistades es radicalmente falso, que la señora Blanche de Réal no existía antes de que ustedes se conocieran y que ya no existe.

—¿Y qué más?

—¿Qué más? —dijo Ganimard.

—Sí, toda esta historia es muy interesante, pero ¿cómo afecta a nuestro caso? Suponiendo que la señora de Réal haya robado el anillo, lo que no queda en absoluto demostrado, ¿por qué lo escondió en el dentífrico del señor Bleichen? ¡Qué demonios! Cuando alguien se esfuerza por robar el diamante azul, se lo queda. ¿Qué responde a esto?

—Yo nada, pero le responderá la señora de Réal.

—Entonces, ¿existe?

—Existe, sin existir. En resumen, escuchen esto. Hace tres días, leyendo el periódico vi: «Hotel Beaurivage: señora de Réal, etcétera», al principio de la lista de forasteros en Trouville. Comprenderán que esa misma tarde estaba en Trouville e interrogaba al director del Beaurivage. Según la descripción y algunas pistas que recogí, esa señora de Réal era la persona que buscaba, pero ya se había marchado, aunque había dejado su dirección de París: calle Colisée, número 3. Anteayer me presenté allí y supe que no había ninguna señora de Réal, sino una simple señora Réal, sin «de», que vivía en la segunda planta, trabajaba como corredora de diamantes y pasaba mucho tiempo fuera. Sin ir más lejos, la víspera había llegado de viaje. Ayer llamé a su puerta y, con un nombre falso, le ofrecí mis servicios como intermediario de unas personas en condiciones de comprar piedras preciosas de valor. Hoy nos hemos citado aquí para la primera operación.

—¿Cómo? ¿Espera a esa mujer?

—A las cinco y media.

—¿Y está usted seguro?

—¿De que es la señora de Réal del castillo de Crozon? Tengo pruebas irrefutables. Pero escuchen la señal de Folenfant. —Había retumbado un pitido, Ganimard se levantó rápidamente—. No hay tiempo que perder. Señores de Crozon, ¿quieren pasar al salón contiguo? Usted también, señor d'Hautrec, y usted también, señor Gerbois. La puerta se quedará entreabierta y, a la primera señal, les pediré que intervengan. Jefe, por favor, usted quédese.

—¿Y si llegan otras personas? —señaló el señor Dudouis.

—No. Este establecimiento es nuevo, el dueño, un amigo mío, no dejará subir a bicho viviente, excepto a la mujer rubia.

—¡La mujer rubia! ¿Qué dice usted?

—Sí, la mismísima mujer rubia, jefe, la cómplice y amiga de Lupin, la misteriosa mujer contra la que tengo pruebas firmes y contra la que quiero reunir, delante de usted, los testimonios de todos a los que ha robado. —Ganimard se asomó a la ventana—. Se acerca, entra, ya no tiene escapatoria: Folenfant y Dieuzy vigilan la puerta. Jefe, ¡la mujer rubia es nuestra!

Casi inmediatamente, una mujer se detenía en la puerta, alta, delgada, con el rostro muy pálido y el cabello de un color oro fuerte.

Ganimard se quedó mudo, incapaz de articular palabra, la emoción lo dejó sin respiración. ¡La mujer estaba ahí, frente a él, a su disposición! ¡Qué victoria sobre Arsène Lupin! ¡Y qué revancha! Pero, al mismo tiempo, le parecía una victoria muy fácil y se preguntaba si la mujer rubia se escaparía mediante alguno de esos milagros tan habituales de Lupin.

Pero la mujer esperaba, sorprendida por aquel silencio, y miraba a su alrededor sin disimular su nerviosismo.

«¡Va a marcharse! ¡Va a desaparecer!», pensó Ganimard, asustado.

Se interpuso bruscamente entre la mujer y la puerta. Ella se dio la vuelta y quiso salir.

—No, no —dijo el inspector—. ¿Por qué se aleja?

—Pero bueno, señor, no entiendo su comportamiento. Déjeme.

—Señora, no tiene ningún motivo para irse, al contrario, tiene muchos para quedarse.

—Pero...

—Es inútil. No saldrá por esa puerta.

La mujer, muy pálida, se desplomó en una silla.

—¿Qué quiere usted? —balbuceó.

Ganimard había vencido. Tenía a la mujer rubia.

—Le presento a un amigo del que ya le hablé y que tiene muchas ganas de comprar joyas. Fundamentalmente, diamantes. ¿Ha conseguido el que me prometió? —dijo, dominándose.

—No, no... No sé, no recuerdo.

—Claro que sí. Piénselo bien. Una persona que usted conoce tenía que entregarle un diamante tintado. «Algo así como el diamante azul», le dije yo riendo y usted me respondió: «Precisamente, quizá tenga lo que necesita». ¿Lo recuerda? —La mujer seguía en silencio. Se le cayó un bolsito que sujetaba con la mano. Lo recogió rápidamente y lo apretó contra ella. Le temblaban un poco los dedos—. Vamos, señora de Réal —añadió Ganimard—, veo que no confía en nosotros, le daré buen ejemplo y le enseñaré lo que tengo. —Sacó de su cartera un papel, lo desplegó y le entregó un mechón de cabello—. En primer lugar, este es el pelo que el barón arrancó a Antoinette Bréhat y nosotros encontramos en la mano del muerto. He visto a la señorita Gerbois y ha reconocido positivamente el color del pelo de la mujer rubia, por cierto, el mismo color que el suyo, exactamente el mismo color. —La señora Réal lo miraba boquiabierta, como si realmente no entendiera el significado de aquellas palabras. Ganimard insistió—: Ahora, en segundo lugar, aquí tenemos dos frascos de perfume, sin etiqueta y vacíos, es verdad, pero bastante impregnados de perfume como para que, esta misma mañana, la señorita Gerbois reconociera el olor de la mujer rubia que la acompañó durante su viaje de dos semanas. Pues uno de esos frascos procede de la habitación que ocupó la señora de Réal en el castillo de Crozon y el otro de su habitación del hotel Beaurivage.

—¡Qué dice usted! La mujer rubia, el castillo de Crozon...

El inspector, sin responder, alineó en la mesa cuatro hojas.

—¡Y por último! —apostilló—, aquí tenemos, en estas cuatro hojas, una muestra de la letra de Antoinette Bréhat, otra de la mujer que escribió al barón Herschmann durante la subasta del diamante azul, otra de la señora de Réal, de cuando estuvo en Crozon, y la cuarta de usted, señora, es el nombre y la dirección que usted dio al portero del hotel Beaurivage, de Trouville. Compare las cuatro letras. Son idénticas.

—Pero, señor, ¡usted está loco! ¡Está loco! ¿Qué significa todo esto?

—Esto significa, señora —gritó Ganimard con un amplio gesto—, que la mujer rubia, la amiga y cómplice de Lupin, es usted. —Abrió la puerta del salón contiguo, se abalanzó sobre el señor Gerbois y lo llevó delante de la señora Réal, empujándolo por los hombros—. Señor Gerbois, ¿reconoce usted a la persona que secuestró a su hija y que vio en casa del abogado Detinan?

—No.

Hubo como una conmoción que impactó a todos. Ganimard se tambaleó.

—¿No? Es posible... Veamos, piénselo bien.

—Está todo pensado, la señora es rubia igual que la mujer rubia, pálida igual que ella, pero no se le parece en absoluto.

—No puedo creerlo, un error así es inadmisible. Señor d'Hautrec, ¿usted reconoce a Antoinette Bréhat?

—Yo vi a Antoinette Bréhat en casa de mi tío y no es ella.

—Y tampoco es la señora de Réal —afirmó el conde de Crozon.

Aquel fue el golpe de gracia. A Ganimard lo dejó aturdido, con la cabeza gacha y la mirada esquiva, ya no rechistó. No quedaba nada de sus tretas. El edificio se derrumbaba.

El señor Dudouis se levantó.

—Señora, usted nos perdonará, ha habido una lamentable confusión y le ruego que la olvide. Sin embargo, no entiendo su nerviosismo. Su actitud extraña desde que llegó.

—Dios mío, señor, tenía miedo. En mi bolso hay más de cien mil francos en joyas y los modales de su amigo no transmitían mucha confianza.

—¿Y sus viajes continuos?

—¿No le parece que mi trabajo lo exige?

El señor Dudouis no tenía nada que responder. Se volvió hacia su subordinado.

—Ganimard, ha llevado esta investigación con una insensatez lamentable y se ha comportado con la señora de la manera más torpe posible. Me dará explicaciones en mi despacho.

La reunión había terminado y, cuando el jefe de la Seguridad se disponía a marcharse, ocurrió un hecho muy desconcertante. La señora Réal se acercó al inspector.

—He oído que se llama Ganimard. ¿Me equivoco? —preguntó.

—No.

—Entonces, esta carta debe ser para usted. La he recibido esta mañana, con la dirección que usted mismo puede leer: «Señora Réal, a la atención del señor Justin Ganimard». Pensé que era una broma, porque no lo identificaba con ese nombre, pero seguro que el remitente sabía nuestra cita.

Justin Ganimard tuvo un presentimiento especial y estuvo a punto de coger la carta y destruirla. No se atrevió delante del jefe y abrió el sobre. Ganimard leyó con voz casi inaudible:

Érase una vez una mujer rubia, un tal Lupin y un tal Ganimard. El malvado Ganimard quería hacer daño a la hermosa mujer rubia y el bondadoso Lupin no quería permitirlo. El bondadoso Lupin deseaba que la mujer rubia entrara en el círculo íntimo de la condesa de Crozon, para lo que la hizo llamarse señora de Réal, el nombre de una comerciante —más o menos— honrada, con el cabello dorado y el rostro pálido. El bondadoso Lupin pensaba: «Si alguna vez el malvado Ganimard está sobre la pista de la mujer rubia, ¡qué provechoso podría ser derivarlo hacia la pista de la comerciante honrada!». Sabia precaución, que hoy da sus frutos. Una notita en el diario que lee el malvado Ganimard, la auténtica mujer rubia olvida deliberadamente un frasco de perfume en el hotel Beaurivage, escribe el nombre y la dirección de la señora Réal en el registro del hotel, ¡y listo! ¿Qué dice usted, Ganimard? He querido contarle la historia con detalle, porque sé que usted, con su carácter, será el primero en reírse. Francamente tiene gracia y reconozco que yo me he divertido como un loco.

Así que, muchas gracias, querido amigo, y recuerdos al excelente señor Dudouis.

Arsène Lupin

—¡Pero ese hombre lo sabe todo! —gimió Ganimard, que no pensaba en absoluto en reírse—. Sabe cosas que no he dicho a nadie. ¿Cómo podía saber que le pediría que viniese, jefe? ¿Cómo podía saber que descubriría el frasco? ¿Cómo podía saber...?

Ganimard pataleaba y se tiraba de los pelos, presa de la más trágica desesperación.

El señor Dudouis se compadeció de él.

—Vamos, Ganimard, tranquilícese, intentaremos hacerlo mejor la próxima vez.

Y el jefe de la Seguridad se marchó con la señora Réal.

Pasaron diez minutos. Ganimard leía y volvía a leer la carta de Lupin. En un rincón, los señores de Crozon, el señor d'Hautrec y el señor Gerbois charlaban animadamente. Al final, el conde se acercó al inspector.

—Querido amigo, resulta que con todo esto no hemos avanzado nada —protestó.

—Perdón. Mi investigación ha demostrado que la mujer rubia es la protagonista indiscutible de estas aventuras y que Lupin las dirige. Este es un paso enorme.

—Que no sirve de nada. Quizá el problema sea más complicado. La mujer rubia mata para robar el diamante azul y no lo roba. Y cuando lo roba se deshace de él en beneficio de otra persona.

—Yo no puedo hacer nada al respecto.

—Es verdad, pero quizá alguien pueda.

—¿Qué quiere decir?

El conde titubeaba, pero la condesa le quitó la palabra.

—En mi opinión, hay un hombre, solo uno además de usted, capaz de luchar contra Lupin y de someterlo a su voluntad. Señor Ganimard, ¿le molestaría que pidiéramos ayuda a Herlock Sholmès? —dijo claramente.

Ganimard se quedó desconcertado.

—Pues no, pero no entiendo...

—Está claro. Todos estos misterios me irritan. Yo quiero aclarar este asunto. El señor Gerbois y el señor d'Hautrec también, y nos hemos puesto de acuerdo para acudir al famoso detective inglés.

—Tiene razón, señora —respondió el inspector con una lealtad meritoria—, tiene razón; el viejo Ganimard no es capaz de luchar contra Arsène Lupin. ¿triunfará Herlock Sholmès? Así lo deseo, porque lo admiro profundamente. Pero es poco probable.

—¿Es poco probable que triunfe?

—Esa es mi opinión. Considero que un duelo entre Herlock Sholmès y Arsène Lupin está decidido de antemano. Perderá el inglés.

—De todas formas, ¿Sholmès puede contar con usted?

—Por supuesto, señora. Le garantizo mi colaboración incondicional.

—¿Sabe usted su dirección?

—Sí. Parker, 219.

Esa misma noche, los señores de Crozon retiraban la denuncia contra el cónsul Bleichen y enviaban una carta colectiva a Herlock Sholmès.

3

HERLOCK SHOLMÈS ROMPE LAS HOSTILIDADES

—¿Qué van a tomar los señores?

—Lo que usted quiera —dijo Arsène Lupin, un hombre al que le importaban muy poco los detalles de la comida—. Lo que quiera, pero ni carne ni alcohol.

El camarero se alejó, desdeñoso.

—¿Cómo, ahora eres vegetariano? —le pregunté.

—Cada vez más —me respondió Lupin.

—¿Por gusto, por convicción o por costumbre?

—Por salud.

—¿Y nunca rompes la norma?

—Bueno, sí, cuando hago vida social, con el propósito de no llamar la atención.

Estábamos cenando los dos cerca de la estación del Norte, en un rincón de un restaurante pequeño, en donde me había citado Arsène Lupin. Le gusta enviarme, de vez en cuando, un telegrama por la mañana para fijar un encuentro en algún lugar de París. Y siempre aparece hablando sin parar, feliz, sencillo y cordial, siempre con una anécdota curiosa, un recuerdo o el relato de una aventura que yo desconocía.

Aquella noche me pareció aún más efusivo que de costumbre. Reía y charlaba con un entusiasmo extraordinario y con esa ironía fina muy suya, una ironía sin resentimiento, delicada y espontánea. Daba gusto verlo así y no pude evitar expresarle mi alegría.

—¡Cierto, sí! —exclamó—. Tengo uno de esos días en que todo me parece fascinante y siento la vida como un tesoro infinito que nunca llegaré a consumir. ¡Y eso que bien sabe Dios que la vivo al límite!

—Quizá demasiado.

—¡Te digo que el tesoro es infinito! Puedo no escatimar, prodigarme, puedo lanzar mis fuerzas y mi juventud a los cuatro vientos, así dejo espacio para fuerzas más vivas y más jóvenes. Y, francamente, qué agradable es mi vida. Solo con querer podría convertirme de la noche a la mañana en, qué se yo, orador, director de una fábrica, político, ¿no? ¡Vaya! Te lo juro, jamás se me ocurriría. Soy Arsène Lupin y siempre seré Arsène Lupin. Busco en la historia inútilmente un destino comparable al mío, más lleno, más intenso. ¿Napoleón? Sí, tal vez. Pero Napoleón, al final de su carrera imperial, durante la campaña de Francia, cuando Europa lo aplastaba, cada vez que libraba una batalla se preguntaba si sería la última. —¿Hablaba en serio? ¿Bromeaba? Y añadió con tono acalorado—: Fíjate, ¡todo reside en el peligro! ¡En la sensación ininterrumpida de peligro! Respirarlo como el aire que se respira, percibir a tu alrededor cómo sopla, cómo ruge, cómo acecha, cómo se acerca. Y, en medio de la tempestad, conservar la calma, ¡sin inmutarse! De lo contrario, estás perdido. ¡Solo hay una sensación equiparable, la del piloto de carreras! ¡Pero su carrera dura una mañana y la mía toda la vida!

—¡Cuánto lirismo! —bromeé—. ¡Y quieres que crea que no hay un motivo especial para tanto entusiasmo!

Lupin sonrió.

—¡Pero bueno! Eres un psicólogo muy sutil. Es cierto, hay algo más —dijo. Se sirvió un vaso grande de agua fría, la bebió y añadió—: ¿Has leído hoy *Le Temps*?

—Pues no.

—Esta tarde, Herlock Sholmès ha atravesado el canal de la Mancha y llegado hacia las seis.

—¡Demonios! ¿Y por qué?

—Un viajecito al que le invitan los Crozon, el sobrino de d'Hautrec y Gerbois. Se han encontrado en la estación del Norte y de allí han ido a ver a Ganimard. Ahora mismo están reunidos los seis. —Pese a la formidable curiosidad que Lupin me despierta, jamás me permito preguntarle sobre su vida privada, si él no me habla antes. Para mí es una cuestión de discreción, y en eso no cedo. Además, en ese momento, todavía nadie lo había relacionado, al menos oficialmente, con el diamante azul. Así que yo esperaba. Mi amigo continuó—: *Le Temps* publica también una entrevista al excelente Ganimard, en la que dice que una mujer rubia, que sería amiga mía, habría asesinado al barón d'Hautrec e intentado robar a la señora de Crozon su famoso anillo. Y, por supuesto, me acusa de ser el instigador de esos crímenes.

Me recorrió un escalofrío. ¿Sería verdad? ¿Tendría que creer que la costumbre de robar, su modo de vida, y la propia lógica de los acontecimientos habrían empujado a ese hombre hasta el asesinato? Lo observé. ¡Parecía muy tranquilo, su mirada era muy franca!

Me fijé en la forma de sus manos, de una delicadeza infinita, unas manos completamente inofensivas, manos de artista...

—Ganimard está confundido —murmuré.

—No, claro que no. Ganimard es sutil, a veces, incluso inteligente —protestó Lupin.

—¡Inteligente!

—Sí, sí. Por ejemplo, esa entrevista es una jugada maestra. En primer lugar, anuncia que llega su rival inglés para ponerme sobre aviso y complicarle la tarea. En segundo lugar, aclara exactamente hasta dónde ha llevado el caso, para que Sholmès solo se beneficie de sus propios descubrimientos. Es una buena treta.

—De todas formas, te enfrentas a dos enemigos, ¡y vaya enemigos!

—¡Bueno! Uno no cuenta.

—¿Y el otro?

—¿Sholmès? ¡Ah! Confieso que él sí está a mi altura. Pero eso es precisamente lo que me apasiona y por lo que me ves de tan buen humor. Para empezar, es una cuestión de amor propio: se considera que el famoso inglés no está de más para vencerme. Luego, piensa en el placer que debe de sentir un luchador de mi categoría ante la idea de un duelo con Herlock Sholmès. ¡Y, por último, me veré en la obligación de emplearme a fondo! Conozco a ese tipo y no dará un paso atrás.

—Es bueno.

—Muy bueno. Como policía, no creo que jamás haya habido ni haya uno igual. Pero tengo una ventaja: él ataca y yo me defiendo. Mi cometido es más fácil. Además —sonrió imperceptiblemente antes de acabar la frase—, yo conozco su forma de pelear y él no conoce la mía. Le reservo algunas estocadas secretas que le darán que pensar —tamborileaba la mesa con los dedos y enlazaba frases breves con aire feliz—. Arsène Lupin contra Herlock Sholmès. Francia contra Inglaterra. ¡Por fin, la venganza de Trafalgar! ¡Ay, el pobre infeliz! No sospecha que estoy preparado. Y cuando Lupin está prevenido...

De pronto un ataque de tos lo interrumpió y se tapó la cara con la servilleta, como si se hubiera atragantado.

—¿Una miga de pan? —le pregunté—. Bebe un poco de agua.

—No, no es eso —dijo con voz ahogada.

—¿Entonces qué?

—Necesito aire.

—¿Quieres que abra la ventana?

—No, me voy corriendo, dame el abrigo y el sombrero, me largo.

—¡Eh! Pero ¿qué ocurre?

—Esos dos señores que acaban de entrar. ¿Ves al más alto? Pues cuando salgas camina a mi izquierda para que no pueda verme.

—¿El que se ha sentado detrás de ti?

—Sí, ese. Por motivos personales prefiero... Fuera te lo explicaré.

—Pero ¿quién es?

—Herlock Sholmès. —Hizo un tremendo esfuerzo para dominarse, como si le avergonzara su nerviosismo, dejó la servilleta, bebió un vaso de agua y sonriendo, ya completamente repuesto, añadió—: Qué raro, ¿no? Y eso que no me emociono con facilidad, pero este encontronazo tan inesperado...

—¿Y por qué tienes miedo si con todas tus transformaciones nadie puede reconocerte? A mí, sin ir más lejos, me ocurre, cada vez que nos vemos, que me parece que estoy frente a un hombre diferente.

—Él me reconocerá —respondió Arsène Lupin—. Solo me ha visto una vez, pero tuve la sensación de que me había visto para siempre. Él no vio mi aspecto físico, que puedo modificar a mi antojo, sino mi ser. Y además, además, ¡no me lo esperaba! Qué extraña coincidencia... En este restaurante.

—Entonces —le pregunté—, ¿nos vamos?

—No, no...

—¿Qué vas a hacer?

—Lo mejor sería actuar con decisión y confiar en él.

—¿No estarás pensando?

—Pues sí, eso estoy pensando. Y, además, si lo interrogo, si sé qué sabe, tendré ventaja. ¡Ay!, ¡vaya!, me da la sensación de que me está mirando: la nuca, los hombros y de que intenta recordar, que recuerda... —se quedó pensativo. Le vi una sonrisa maliciosa en la comisura de los labios, luego, creo que obedeciendo a un capricho de su carácter impulsivo más que a las exigencias de la situación, se levantó, dio media vuelta, se inclinó y dijo muy contento—: ¡Qué casualidad! Francamente, es una suerte. Permítame que le presente a un amigo. —El inglés se quedó desconcertado uno o dos segundos y luego hizo un movimiento instintivo, dispuesto a lanzarse sobre Arsène Lupin. Este negó con la cabeza—. Se equivocaría ¡y eso sin tener en cuenta que sería un gesto feo además de completamente inútil! —Sholmès se volvió a derecha e izquierda, como si buscara ayuda—. Eso tampoco —insistió Lupin—. Por cierto, ¿está usted completamente seguro de que tiene autoridad para ponerme una mano encima? Vamos, sea buen jugador.

Dado el caso, ser buen jugador no era muy apetecible. Sin embargo, es probable que esa opción le pareciese la mejor al policía, porque se levantó a medias y, con frialdad, presentó a su compañero:

—El señor Wilson, mi amigo y colaborador.

—Señor Arsène Lupin.

El asombro de Wilson provocó risa. Dos rasgos, los ojos como platos y la boca abierta de par en par, borraron su cara feliz, de piel reluciente y tersa como una manzana, con pelo en punta y una barba corta plantados como briznas de hierba tupidas y fuertes alrededor.

—Wilson, usted no disimula bien su asombro ante los acontecimientos más naturales del mundo —dijo Herlock Sholmès, riendo sarcásticamente, con un matiz de burla.

—¿Por qué no lo detiene? —balbuceó Wilson.

—Wilson, no se ha fijado que este caballero está entre la puerta y yo, a dos pasos de la puerta. Antes de mover el dedo meñique, ya estaría fuera.

—Que no sea por eso —respondió Lupin.

Dio la vuelta a la mesa y se sentó de manera que el inglés estuviera entre la puerta y él. Eso era ponerse a disposición de su enemigo.

Wilson miró a Sholmès para saber si este se permitía admirar esa apuesta arriesgada. El inglés seguía hermético. Y al momento llamó al camarero:

—¡Camarero! —El camarero se acercó a la mesa y el detective pidió—: Dos sodas, cerveza y *whisky*.

Se había firmado la paz, hasta nueva orden. Poco después, los cuatro charlábamos tranquilamente.

Herlock Sholmès es un hombre normal y corriente. Parece un burgués respetable, de unos cincuenta años, que se hubiera pasado la vida delante de un escritorio, llevando libros de contabilidad. Nada lo diferencia de cualquier honrado ciudadano de Londres, ni las patillas rojizas ni la barbilla afeitada ni su aspecto algo corpulento. Nada, salvo una mirada intensísima, viva y penetrante.

Y luego es Herlock Sholmès, es decir, una especie de fenómeno de intuición, de observación, de clarividencia y de ingenio. Podría pensarse que la naturaleza se entretuvo escogiendo a los dos tipos de policía más extraordinarios que la imaginación haya producido —Dupin, de Edgar Poe, y Lecoq, de Gaboriau—, para construir uno a su manera, más extraordinario aún y más irreal. Y, cuando uno escucha el relato de esas hazañas que lo han hecho famoso en el mundo entero, se pregunta si el propio Herlock Sholmès será un personaje legendario, un héroe al que dio vida el cerebro de algún novelista, como, por ejemplo, Conan Doyle.

Cuando Arsène Lupin preguntó a Sholmès sobre la duración de su estancia, el investigador, inmediatamente, llevó la conversación a su terreno.

—Mi estancia depende de usted, señor Lupin.

—¡Ah! —exclamó el otro riendo—. Si depende de mí, yo le rogaría que volviera a embarcar esta misma noche.

—Esta noche es pronto, pero espero que dentro de ocho o diez días.

—¿Tanta prisa tiene?

—Llevo muchas cosas entre manos: el robo del banco anglochino, el secuestro de lady Eccleston. Veamos, señor Lupin, ¿usted cree que una semana será suficiente?

—De sobra, si se atiene a los dos casos del diamante. Por otra parte, es el plazo de tiempo que necesito para tomar precauciones, en el supuesto de que la solución del doble caso le diera cierta ventaja peligrosa para mi seguridad.

—Pues —dijo el inglés— planeo tener esa ventaja en ocho o diez días.

—¿Y quizá ordenar que me detengan el undécimo?

—El décimo es el límite.

Lupin se quedó pensativo y, moviendo la cabeza, respondió:

—Difícil, difícil...

—Difícil, sí, pero posible, entonces, seguro.

—Completamente seguro —añadió Wilson, como si él mismo hubiera alcanzado a ver la larga serie de maniobras que llevaría a su colaborador al resultado anunciado.

Herlock Sholmès sonrió.

—Wilson, que sabe mucho de esto, está aquí para dar fe. —Y añadió—: Evidentemente, no tengo todos los triunfos en la mano, porque hablamos de casos antiguos, de hace varios meses. Me faltan los elementos y las pistas en los que suelo apoyar mis investigaciones.

—Como manchas de barro o la ceniza de un puro —apostilló Wilson, dándose importancia.

—Pero, además de las extraordinarias conclusiones de Ganimard, tengo a mi disposición los artículos sobre el asunto, todas las observaciones recogidas y, en consecuencia, algunas ideas personales sobre el caso.

—Algunas perspectivas que nos han sugerido el análisis o la hipótesis —agregó Wilson con solemnidad.

—¿Es indiscreto preguntarle qué opinión general ha logrado formarse? —dijo Lupin, con el tono cortés que utilizaba para hablar a Sholmès.

Era de lo más apasionante ver a esos dos hombres juntos, con los codos en la mesa, charlando con calma y seriedad, como si estuvieran resolviendo un problema difícil o poniéndose de acuerdo sobre una cuestión controvertida. Y era también de una ironía extrema, de la que disfrutaban mucho ambos, como diletantes y como artistas. Wilson estaba loco de alegría.

Herlock rellenó la pipa y la encendió.

—Considero que este caso es infinitamente menos complejo de lo que parece a primera vista —explicó.

—Mucho menos, es cierto —afirmó Wilson, como un eco fiel.

—Y digo caso, porque para mí solo hay uno. La muerte del barón d'Hautrec, la historia del anillo y, no lo olvidemos, el misterio del número 514, serie 21, son las distintas caras de lo que podríamos llamar el secreto de la mujer rubia. Ahora bien, a mi juicio, simplemente tenemos que descubrir el vínculo que une estos tres episodios de la misma historia, el hecho que demuestre la unidad de los tres métodos. Ganimard, cuyas consideraciones son un poco superficiales, ve la unidad en la facultad para desaparecer, en la capacidad de ir de un sitio a otro siendo invisible. La intervención del milagro no me satisface. Pues bien, en mi opinión —afirmó con claridad Sholmès—, la característica de las tres aventuras es su propósito manifiesto y evidente, aunque hasta ahora inadvertido, de llevar el asunto a un terreno que usted había elegido previamente. Y en eso, más que un plan, hay una necesidad, una condición *sine qua non* para el éxito.

—¿Podría entrar en detalles?

—Con mucho gusto. Veamos, ¿es *evidente* que, desde el principio de su conflicto con el señor Gerbois, la casa de Detinan era el terreno que usted eligió, el terreno necesario donde tenían que reunirse? Ningún otro le parecía más seguro, hasta el punto de que citó allí públicamente, por así decirlo, a la mujer rubia y a la señorita Gerbois.

—La hija del profesor —señaló Wilson.

—Ahora, hablemos del diamante azul. Desde que el barón lo tenía, ¿había intentado usted apropiarse de él? No. Pero el barón recibe el palacete de su hermano: seis meses después interviene Antoinette Bréhat y primera tentativa. Se le escapa el diamante y se organiza la subasta en la casa Drouot con un tremendo alboroto. ¿La subasta será limpia? ¿Conseguirá la joya el más rico de los aficionados? En absoluto. En el preciso momento en el que el banquero Herschmann va a adjudicársela, una mujer ordena que le entreguen una carta amenazante y la condesa de Crozon, a la que esa mujer ya había preparado y predispuesto, compra el diamante. ¿Desaparecerá inmediatamente? No: le faltan recursos. Así que pausa. Pero la condesa se instala en su castillo. Lo que usted esperaba. El anillo desparece.

—Y aparece de nuevo en el dentífrico del cónsul Bleichen, extraña anomalía —objetó Lupin.

—¡Por favor! —protestó Herlock, dando un puñetazo en la mesa—. A mí no me cuente sandeces. Que algún imbécil se lo haya tragado, de acuerdo, pero no un viejo zorro como yo.

—¿Qué quiere decir?

—Quiero decir... —Sholmès se tomó su tiempo como si pretendiera dosificar el efecto. Y, por fin, se explicó—: El diamante azul que se encontró en el dentífrico es un diamante falso. El auténtico se lo quedó usted.

Arsène Lupin siguió callado un momento y luego, mirando fijamente al inglés, se limitó a añadir:

—Señor, es usted un hombre tremendo.

—Tremendo, ¿no es cierto? —subrayó Wilson pasmado de admiración.

—Sí —afirmó Lupin—, todo se explica, todo adquiere su auténtico sentido. Ni uno de los jueces de instrucción ni uno de los periodistas especializados que pusieron todo su empeño en estos casos llegaron muy lejos en el camino de la verdad. Su intuición y su lógica son increíbles.

—¡Bah! —respondió el detective, halagado por las palabras de un experto como Lupin—, bastaba con reflexionar.

—Bastaba con saber reflexionar, pero ¡qué pocas personas saben hacerlo! Y ahora que el campo de las suposiciones es más estrecho y el terreno está despejado...

—Pues ahora solo tengo que descubrir por qué las tres aventuras se han desenlazado en el número 25 de la calle Clapeyron, en el 134 de la avenida Henri-Martin y entre las paredes del castillo de Crozon. Todo el caso está ahí. Lo demás solo son pamplinas y charadas infantiles. ¿Opina usted igual?

—Eso opino.

—Entonces, señor Lupin, ¿me equivoco si repito que dentro de diez días habré terminado mi tarea?

—En diez días conocerá toda la verdad, sí.

—Y usted estará detenido.

—No.

—¿No?

—Para que me detengan hace falta la intervención de unas circunstancias tan inconcebibles y de una serie de casualidades tan malas que no admito esa posibilidad.

—Lo que no pueden las circunstancias ni las casualidades adversas, lo podrá, la voluntad y la obstinación de un hombre, señor Lupin.

—Si la voluntad y la obstinación de otro hombre no oponen un obstáculo invencible a ese propósito, señor Sholmès.

—No hay obstáculos invencibles, señor Lupin.

Se miraron profundamente, sin provocación, con calma y valentía. Era el batir de dos espadas que inician la batalla. Sonaba claro e inequívoco.

—¡Aleluya —exclamó Lupin—, ya tengo un adversario, una *rara avis* y es Herlock Sholmès! Nos divertiremos.

—¿No tiene miedo? —preguntó Wilson.

—Casi, señor Wilson —respondió Lupin, al tiempo que se levantaba—, y la prueba es que voy a acelerar los preparativos de retirada, porque de lo contrario me arriesgaría a que me atrapasen en mi guarida. Entonces, señor Sholmès, ¿ponemos diez días?

—Diez. Hoy es domingo. Del miércoles en ocho días, todo habrá acabado.

—¿Y yo estaré entre rejas?

—Sin ningún género de duda.

—¡Demonios! Y yo que disfrutaba de una vida tranquila. Sin problemas, con un flujo de negocios pequeño, a la porra la policía, y con la reconfortante sensación de estar rodeado de la simpatía universal. ¡Tendré que cambiarlo todo! Bueno, es la otra cara de la moneda. Después de la calma, la tempestad. Esto ya no es una broma. Adiós.

—Dese prisa —dijo Wilson, muy solícito con un individuo al que Sholmès inspiraba un respeto evidente—, no pierda ni un minuto.

—Ni un minuto, señor Wilson, solo el tiempo de decirles qué feliz me ha hecho este encuentro y cuánto envidio al maestro por tener un colaborador así de valioso.

Se despidieron educadamente, como dos adversarios en el campo de batalla a los que no enfrenta ningún odio, pero el destino obliga a luchar sin piedad. Y Lupin, sujetándome del brazo, me arrastró afuera.

—¿Qué te parece, amigo? Las anécdotas de esta cena quedarán bien en esas memorias mías que estás preparando. —Arsène cerró la puerta del restaurante, se detuvo a unos cuantos metros de allí y me preguntó—: ¿Fumas?

—No, pero creo que tú tampoco.

—Yo tampoco. —Encendió un puro con una cerilla de cera y la agitó varias veces para apagarla. Acto seguido tiró el puro, cruzó corriendo la calzada y alcanzó a dos hombres que habían surgido de la oscuridad, como respondiendo a una señal. Habló unos minutos con ellos en la acera de enfrente y regresó junto a mí—. Disculpa, ese maldito Sholmès va a darme mucha guerra. Pero te juro que no acabará con Lupin. ¡Ay, ese malvado verá de qué madera estoy hecho! Adiós. El inefable Wilson tiene razón, no tengo ni un minuto que perder.

Y se alejó rápidamente.

Así acabó aquella extraña velada, o al menos la parte de la velada en la que me vi mezclado. Porque durante las horas siguientes sucedieron muchos más acontecimientos que, por suerte, pude reconstruir con detalle gracias a las confidencias de los otros comensales.

En el preciso momento en que Lupin se despidió de mí, Herlock Sholmès miró la hora y se levantó.

—Son las nueve menos veinte. A las nueve en punto tengo que reunirme con los condes en la estación.

—¡En marcha! —dijo Wilson, bebiéndose de un trago dos vasos de *whisky* seguidos.

Y salieron del restaurante.

—Wilson, no gire la cabeza. A lo mejor nos siguen; así que actuemos como si no nos importara. ¡Vaya, vaya! Wilson, dígame qué piensa: ¿por qué estaba Lupin en este restaurante?

—Para cenar —respondió Wilson sin dudar.

—Wilson, cuanto más trabajamos juntos, más noto la evolución de sus progresos. ¡Por Dios! Cada vez me sorprende más. —Wilson enrojeció de orgullo en la oscuridad y Sholmès añadió—: Para cenar, así es, y además, muy probablemente, para asegurarse de que voy a Crozon como anunció Ganimard en la entrevista. Así que, para no contrariarlo, voy a Crozon. Pero, como la cuestión es ir por delante de él, no voy.

—¡Ah! —respondió Wilson, desconcertado.

—Usted, amigo mío, salga zumbando, coja un coche de servicio público, dos o tres. Luego, regrese a recoger las maletas que dejamos en consigna y, después, vaya rápidamente al Élysée-Palace.

—¿Y en el Élysée-Palace qué?

—Pida una habitación, acuéstese allí, duerma como un bendito y espere mis instrucciones. —Wilson, muy ufano por su importante cometido, se fue. Herlock Sholmès compró un billete y se dirigió al expreso de Amiens, donde ya lo esperaban los condes de Crozon. El detective se limitó a saludarlos, encendió otra pipa y la fumó tranquilamente de pie en el pasillo. El tren se puso en marcha. A los diez minutos, se sentó junto a la condesa y le dijo—: ¿Señora, tiene usted el anillo?

—Sí.

—¿Tendría la amabilidad de dejármelo? —Lo examinó—. Exactamente lo que pensaba, un diamante cristalizado.

—¿Un diamante cristalizado?

—Un nuevo método que consiste en someter el polvo de diamante a una gran temperatura para que se funda y luego se cristaliza en una piedra.

—¡Pero mi diamante es auténtico!

—El suyo, sí, pero este no es el suyo.

—¿Y dónde está el mío?

—Lo tiene Arsène Lupin.

—¿Y este?

—Alguien lo cambió por el suyo y luego lo metió en el frasco del señor Bleichen, donde ustedes lo encontraron.

—¿Así que es falso?

—Completamente falso.

La condesa, atónita, aturdida, se quedó en silencio, mientras su marido, incrédulo, daba vueltas y vueltas al anillo en todos los sentidos. Al final, la mujer dijo balbuceando:

—¡Cómo es posible! ¿Pero por qué no lo robaron sin más? ¿Cómo se lo llevaron?

—Eso es precisamente lo que intentaré aclarar.

—¿En el castillo de Crozon?

—No, me bajo en Creil y vuelvo a París. Allí tiene que jugarse la partida entre Arsène Lupin y yo. Los golpes valdrán en cualquiera de los dos lugares, pero es preferible que Lupin crea que estoy de viaje.

—Pero...

—¿Qué es lo importante, señora? Lo fundamental es su diamante, ¿no?

—Sí.

—Entonces, quédese tranquila. Hace un momento, asumí un compromiso mucho más difícil de cumplir. Le entregaré el diamante auténtico, palabra de Herlock Sholmès.

El tren aminoró la velocidad. Sholmès se metió el diamante falso en el bolsillo y abrió la puerta.

—¡Pero se baja en la vía de sentido contrario! —gritó el conde.

—Así, si Lupin ha ordenado que me vigilen, perderán mi rastro. Adiós.

Un ferroviario protestó inútilmente. El investigador se dirigió a la oficina del jefe de estación. Cincuenta minutos después, saltaba a un tren que volvería a dejarlo en París un poco antes de la medianoche.

Salió de la estación corriendo, entró otra vez por el bar-restaurante, volvió a salir por otra puerta y se abalanzó a un coche de punto.

—Cochero, a la calle Clapeyron. —Ya convencido de que nadie lo seguía, mandó detener el coche al principio de la calle y se dedicó a examinar minuciosamente la casa de Detinan y las dos casas contiguas. Midió determinadas distancias a zancadas y escribió unas notas y unas cifras en su libreta—. Cochero, a la avenida Henri-Martin.

En la esquina de la avenida con la calle de la Pompe, pagó al cochero, siguió hasta el número 134 y repitió las mismas operaciones delante del viejo palacete del barón d'Hautrec y de los dos edificios de alquiler que lo delimitaban: midió la anchura de las respectivas fachadas y calculó la profundidad de los jardincitos delanteros de la línea de las fachadas.

La avenida estaba desierta y muy oscura bajo las cuatro hileras de árboles entre los que, esporádicamente, un farol de gas parecía luchar inútilmente contra las tinieblas de la noche. Uno proyectaba una luz pálida en una parte del palacete y Sholmès vio el cartel de «Se alquila» colgado de la verja, los dos senderos descuidados que rodeaban un césped menudo y las amplias ventanas desnudas de la casa deshabitada.

«Es verdad —pensó—, desde que el barón murió, aquí no vive nadie. ¡Si pudiera entrar y hacer un primer examen del escenario del crimen!»

En cuanto se le ocurrió esa idea quiso ponerla en práctica. ¿Cómo? La altura de la verja hacía imposible cualquier tentativa de saltarla, sacó del bolsillo una linterna eléctrica y una llave maestra que siempre llevaba encima. Para su gran sorpresa, se dio cuenta de que uno de los batientes de la puerta estaba entreabierto. Pero no había andado ni tres metros cuando se detuvo. Una luz tenue había pasado por una de las ventanas de la segunda planta.

La luz volvió a pasar una segunda y una tercera vez, aunque Sholmès solo pudo ver una silueta que se perfilaba en las paredes de las habitaciones. La luz bajó de la segunda a la primera planta y fue recorriendo las habitaciones durante un buen rato.

«¿Quién demonios andará en la casa donde mataron al barón a la una de la madrugada?», pensó Herlock interesadísimo.

Solo había una forma de saberlo y era entrando. El detective no lo dudó. Aunque, en el preciso momento en que pasó por delante del haz luminoso que proyectaba el farol de gas, para llegar a la escalera de entrada, el hombre debió de descubrirlo, porque de pronto se apagó la luz y Herlock Sholmès no volvió a verla.

Empujó despacio la puerta de entrada. También estaba abierta. No se oía nada, así que el policía se aventuró en la oscuridad, dio con el pomo de la escalera y subió a la primera planta. El mismo silencio y la misma oscuridad.

Llegó al rellano y entró en una habitación; la luz de la noche aclaraba un poco una ventana, se acercó a ella. Entonces, fuera, distinguió a un hombre que salía huyendo hacia la izquierda, por los arbustos que bordeaban el muro medianero de los jardines; seguramente habría bajado por otra escalera y salido por otra puerta.

—¡Maldita sea! —gritó Sholmès—. ¡Va a escaparse!

Se precipitó hacia la primera planta y bajó la escalera de entrada para cortarle la retirada. Pero ya no vio a nadie y necesitó unos segundos para distinguir una masa oscura que se movía entre la maraña de arbustos.

El inglés se quedó pensativo. ¿Por qué ese individuo no había intentado huir cuando había podido hacerlo tranquilamente? ¿Se quedaba para vigilar al intruso que lo había interrumpido en su misteriosa tarea?

«De todas formas —pensó Sholmès—, no es Lupin. Lupin sería más hábil. Es alguien de su banda.»

Transcurrieron unos minutos eternos. Herlock no se movía, tenía la mirada clavada en el enemigo que lo espiaba. Pero, como el enemigo tampoco se movía y el inglés no es de esas personas que se consumen esperando, comprobó el tambor de su revólver, lo sacó de la funda y caminó directamente hacia el enemigo, con la valentía y el desprecio al peligro que lo hacen tan temible.

Un ruido seco: el individuo estaba cargando su revólver. Herlock se lanzó bruscamente sobre la masa. Al otro no le dio tiempo a moverse: ya tenía al policía encima. Lucharon violenta y desesperadamente, el inspector adivinó que el hombre intentaba sacar una navaja. Pero a Sholmès lo alentaba la idea de la victoria inminente, el loco deseo de apresar a un cómplice de Arsène Lupin desde el primer momento y sentía en su interior una fuerza irresistible. Derribó a su enemigo, cayó sobre él con todo el peso de su cuerpo, lo inmovilizó con los cinco dedos como uñas de garras plantados en la garganta del desgraciado, buscó la linterna con la mano libre, la encendió e iluminó la cara del prisionero.

—¡Wilson! —gritó, aterrado.

—Herlock Sholmès —balbuceó una voz estrangulada, cavernosa.

Estuvieron un buen rato sin hablar, destrozados, con la mente en blanco. El claxon de un automóvil desgarró el aire. Un poco de viento agitó las hojas. El policía seguía sin moverse, con los cinco dedos aferrados a la garganta de Wilson, que exhalaba un jadeo cada vez más débil.

Y de pronto Herlock, preso de rabia, soltó a su amigo, pero para sujetarlo por los hombros y zarandearlo con rabia.

—¿Qué hace aquí? Responda. ¿Qué...? ¿Le he dicho yo que se meta entre los arbustos y me espíe?

—¿Espiarlo? Pero si no sabía que era usted —gimió Wilson.

—¿Entonces, qué? ¿Qué hace aquí? Tenía que acostarse.

—Y me acosté.

—¡Tenía que dormir!

—Y me dormí.

—¡No tenía que despertarse!

—Su carta.

—¿Mi carta?

—Sí, la que me llevó un recadero al hotel, de su parte.

—¿De mi parte? ¿Está usted loco?

—Se lo juro.

—¿Dónde está esa carta?

Su amigo le dio una hoja de papel. El policía la leyó a la luz de la linterna, asombrado:

Wilson, salga de la cama y corra a la avenida Henri-Martin. La casa está vacía. Entre, regístrela, trace un plano exacto y vuelva a acostarse. Herlock Sholmès.

—Cuando estaba midiendo las habitaciones vi una sombra en el jardín —explicó Wilson—. Y solo se me ocurrió...

—Apresar a la sombra. La idea era excelente, pero Wilson, mire, cuando reciba una carta de mi parte primero asegúrese de que no han imitado mi letra —dijo Sholmès, mientras lo ayudaba a levantarse y volvía a empujarlo.

—Entonces —preguntó Wilson, que ya empezaba a sospechar la verdad—, ¿la carta no era suya?

—Desgraciadamente, no.

—¿De quién era?

—De Arsène Lupin.

—¿Y por qué me la mandó?

—No lo sé y eso es precisamente lo que me preocupa. ¿Por qué demonios se habrá molestado en fastidiarle a usted? Si hubiera sido a mí, lo entendería, pero solo a usted. Me pregunto qué interés...

—Me voy corriendo al hotel.

—Yo también, Wilson.

Llegaron a la verja. Wilson, que iba primero, agarró un barrote y tiró.

—¡Vaya! ¿Ha cerrado la puerta?

—Por supuesto que no, dejé el batiente abierto.

—Pero...

Herlock tiró del barrote y luego, alarmado, comprobó rápidamente la cerradura. Soltó un juramento.

—¡Maldita sea! ¡Está cerrada! ¡Cerrada con llave! —Sacudió la puerta con todas sus fuerzas, pero comprendió que era un esfuerzo inútil, dejó caer los brazos, desanimado, y dijo con voz temblorosa—: Ahora lo entiendo todo, es él: él previó que me bajaría en Creil y me preparó aquí una buena trampa por si venía a investigar esta misma noche. Además, tuvo la amabilidad de enviarme un compañero de cautiverio. Todo para hacerme perder un día, y seguro que también para dejar claro que sería mejor que me metiera en mis asuntos.

—Es decir, estamos prisioneros.

—Usted lo ha dicho. Herlock Sholmès y Wilson son prisioneros de Lupin. La aventura empieza de maravilla. ¡No, claro que no, esto es inadmisible!

Una mano le cayó en el hombro, la de Wilson.

—Ahí arriba. Mire ahí arriba... Una luz.

Efectivamente, una de las ventanas situadas en la primera planta estaba iluminada.

Los dos se lanzaron, cada uno por una escalera, y llegaron a la vez a la puerta de la habitación iluminada. En el medio ardía una vela. Junto a ella, una cesta, y de la cesta sobresalían el cuello de una botella, unos muslos de pollo y medio pan.

Sholmès estalló en carcajadas.

—De maravilla, nos invita a un resopón. El palacio encantado. ¡Magia pura! Vamos, Wilson, quite esa cara de funeral. Todo esto es muy gracioso.

—¿Realmente le parece muy gracioso? —protestó Wilson, malhumorado.

—Sí, claro que sí —gritó Sholmès, con una alegría demasiado estridente para ser natural—. Nunca he visto nada más gracioso. Es muy cómico. Qué maestro de la ironía este Arsène Lupin. Te engaña, pero con mucha gracia. No cedería mi sitio en este festín ni por todo el oro del mundo. Wilson, amigo mío, no me mortifique. ¡Me habré equivocado y usted no tiene esa nobleza de espíritu que ayuda a soportar los malos momentos! ¿De qué se queja? Ahora mismo podría tener mi puñal en el cuello o yo el suyo, porque evidentemente es lo que intentaba, mal amigo.

El inglés, a fuerza de humor y sarcasmo, consiguió animar al pobre Wilson y hacer que tomara un muslo de pollo y un vaso de vino. Pero cuando se consumió la vela y tuvieron que dormir en el suelo, con la pared de almohada, apareció el lado duro y ridículo de la situación. Y la noche fue triste.

Por la mañana, Wilson se despertó dolorido y helado. Un ruidito le llamó la atención: Herlock Sholmès, de rodillas, doblado en dos, miraba con la lupa unas motas de polvo y descubría unos números escritos con tiza blanca, casi borrados, que apuntó en su libreta.

El policía inspeccionó todas las habitaciones —siempre junto a Wilson, especialmente interesado en este trabajo—, y en otras dos vio las mismas marcas de tiza. También anotó dos círculos en unos paneles de roble, una flecha en una moldura y cuatro números en cuatro peldaños de la escalera.

—Las cifras son exactas, ¿no? —le dijo Wilson una hora después.

—Exactas, no tengo ni idea —respondió Herlock, al que tantos descubrimientos le habían devuelto el buen humor—. Pero significan algo.

—Algo muy claro —añadió Wilson—. Representan el número de láminas del parqué.

—¡Ah!

—Sí. Y los dos círculos, como puede usted comprobar, indican paneles huecos, y la flecha señala la dirección de la subida del montaplatos.

Herlock Sholmès lo miró asombrado.

—¡Ah, sí! ¿Y cómo lo sabe, amigo mío?

—Pues es muy fácil —afirmó Wilson lleno de alegría—. Yo hice esas marcas anoche, siguiendo sus instrucciones o, mejor dicho, las de Lupin porque la carta que usted me envió era de él.

A lo mejor, Wilson corrió más peligro entonces que durante la pelea con Sholmès en los arbustos. El inspector sintió un terrible deseo de estrangularlo. Se dominó, esbozó una mueca que pretendía ser una sonrisa y soltó:

—Perfecto, perfecto, este sí que es un excelente trabajo, y nos permite avanzar mucho. ¿Ha ejercitado su admirable capacidad de análisis y observación en otros puntos de la casa? Para aprovechar los resultados.

—Por supuesto que no, me limité a esto.

—¡Qué lástima! Los inicios prometían. Entonces, ya podemos irnos.

—¡Irnos! ¿Cómo?

—Como normalmente hacen las personas decentes: por la puerta.

—Está cerrada.

—La abrirán.

—¿Sí?

—Llame a esos dos policías que patrullan por la avenida.

—Pero...

—¿Pero qué?

—Es muy humillante. ¿Qué dirá la gente cuando sepa que Herlock Sholmès y Wilson han sido prisioneros de Arsène Lupin?

—Se desternillarán de risa, amigo, qué le vamos a hacer —respondió Herlock, con la voz seca y la cara crispada—. Pero no podemos quedarnos a vivir en esta casa.

—¿Y no va a intentar algo?

—Nada.

—Pero el hombre que nos trajo la cesta de provisiones no pasó por el jardín ni al entrar ni al salir. Por lo tanto, existe otra salida. Vamos a buscarla y así no tendremos que recurrir a los agentes.

—Muy bien pensado. Aunque se olvida de que toda la policía de París lleva seis meses buscando esa salida y de que yo he registrado el palacete de arriba abajo mientras usted dormía. ¡Ay! Amigo Wilson, no estamos habituados a presas como Arsène Lupin. Él no deja pistas.

A las once de la mañana liberaron a Herlock Sholmès y a Wilson, pero los llevaron a la comisaría más cercana y allí el comisario los sometió a un severo interrogatorio antes de soltarlos con unos fingidos miramientos muy irritantes.

—Siento mucho, señores, lo que les ha ocurrido. Se habrán hecho una lamentable opinión de la hospitalidad francesa. ¡Dios mío, qué noche han debido de pasar! Ese Lupin no tiene ninguna consideración.

Un coche los llevó al Élysée-Palace. Wilson pidió la llave en recepción.

El empleado, después de realizar algunas averiguaciones, respondió muy sorprendido:

—Pero, señor, usted canceló la habitación.

—¿Yo? ¿Cómo?

—Con una carta. Esta mañana nos la entregó un amigo suyo.

—¿Qué amigo?

—El señor que nos trajo su carta. Mire, su tarjeta aún está con la carta. Aquí las tiene.

Wilson las cogió. Era una de sus tarjetas y una carta escrita con su letra.

—Dios mío —murmuró—, otra jugarreta. —Y añadió muy nervioso—: ¿Y los equipajes?

—Se los llevó su amigo.

—¡Ah! ¿Y usted se los entregó?

—Claro, nos lo indicaba en la carta.

—Así es, así es. —Los dos amigos se fueron a la aventura por los Campos Elíseos, caminando despacio y en silencio. Un agradable sol otoñal iluminaba la avenida. El aire era suave y ligero. Herlock encendió la pipa en la glorieta y reanudó la marcha. Wilson protestó—: No le entiendo, Sholmès, está tan tranquilo. Se burla de usted, juega con usted como un gato con un ratón. ¡Y usted no dice ni palabra!

Sholmès se detuvo.

—Wilson, estoy pensando en su tarjeta —respondió.

—Bueno, ¿y qué?

—¿Y qué? Ese hombre, ante un posible enfrentamiento con nosotros, ha conseguido muestras de su letra y de la mía y tiene preparada en la cartera una tarjeta suya. ¿Se imagina usted las precauciones, el ingenio, la estrategia y la organización que eso supone?

—¿Y qué quiere decir?

—Quiero decir, Wilson, que para luchar contra un enemigo armado de esa manera formidable, fantásticamente preparado, ¡y ganarle!, hace falta ser... Hace falta ser yo. Y, aun así, como ve, Wilson —añadió riendo—, no se consigue al primer intento.

A las seis de la tarde, *L'Écho de France,* en la edición vespertina, publicaba este suelto:

> Esta mañana, el señor Thénard, comisario de policía del distrito XVI, liberó a los señores Herlock Sholmès y Wilson, a quienes Arsène Lupin había encerrado en el palacete del difunto barón d'Hautrec, donde pasaron una excelente noche.
>
> Estos señores interpusieron una denuncia contra Arsène Lupin, porque también los aligeró de sus equipajes.
>
> Esta vez, Arsène Lupin se ha limitado a darles una pequeña lección, pero les suplica que no le obliguen a tomar medidas más serias.

—¡Bah! —dijo Herlock Sholmès, mientras arrugaba el periódico—. ¡Chiquillerías! Es lo único que reprocho a Lupin, un poco más infantilidad de la cuenta. El público confía demasiado en él. ¡Tiene un pícaro dentro!

—Entonces, Herlock, ¿sigue igual de tranquilo?

—Igual —respondió Sholmès, con un tono en el que resonaba una terrible rabia—. ¿Para qué enfadarse? Estoy completamente seguro de reír el último.

4

UN POCO DE LUZ EN LA OSCURIDAD

Por muy templado que sea el carácter de un hombre —y Sholmès es de esas personas a las que la mala suerte les afecta poco—, hay circunstancias en las que hasta el más valiente necesita reunir fuerzas para enfrentarse de nuevo a los lances de la batalla.

—Hoy me tomo el día libre —afirmó Sholmès.

—¿Y yo?

—Wilson, usted vaya a comprar ropa y mudas. Mientras tanto yo descansaré.

—Descanse, Sholmès, yo vigilaré.

Wilson dijo esas palabras con la seriedad de un centinela en posición de avanzadilla, expuesto a los peores peligros. Sacó pecho, estiró los músculos y examinó con una mirada escrutadora la pequeña habitación del hotel en el que se habían alojado.

—Vigile, Wilson. Yo aprovecharé para elaborar un plan de campaña más adecuado a nuestro enemigo. Dese cuenta, Wilson, de que nos hemos equivocado con Lupin. Tenemos que volver a empezar desde el principio.

—Incluso desde antes si eso fuera posible. Pero, ¿tenemos tiempo?

—¡Nueve días, amigo! Nos sobran cinco.

El inglés pasó la tarde fumando y durmiendo. Al día siguiente empezó a actuar.

—Wilson, ya estoy preparado, ahora en marcha.

—En marcha —repitió Wilson muy alto, con actitud marcial—. Confieso que me cosquillea el estómago.

Sholmès se entrevistó durante un buen rato con tres personas: en primer lugar, con el abogado Detinan, y examinó su casa hasta el mínimo detalle. Luego con Suzanne Gerbois, a la que envió un telegrama diciendo que iría a verla y a interrogarla sobre la mujer rubia. Y, por último, con la hermana Auguste, que se había retirado al convento de las visitadoras después del asesinato del barón d'Hautrec.

En las tres ocasiones Wilson le esperó fuera y las tres veces le preguntó:

—¿Contento?

—Muy contento.

—Estaba seguro, vamos por el buen camino. En marcha.

Y caminaron mucho. Examinaron los dos edificios colindantes al palacete de la avenida Henri-Martin, luego fueron a la calle Clapeyron y mientras Sholmès inspeccionaba la fachada del número 25, iba comentando:

—Evidentemente, hay pasadizos secretos entre todas estas casas. Pero lo que no entiendo...

Wilson, en su fuero interno, dudó por primera vez de la omnipotencia de su genial colaborador. ¿Por qué hablaba tanto y actuaba tan poco?

—¿Por qué? —protestó Sholmès respondiendo a los pensamientos de Wilson—. Porque con este maldito Lupin trabajamos en el vacío, al azar, y, en lugar de extraer la verdad de los hechos concretos, tenemos que sacarla de su cerebro y después comprobar que concuerde con los acontecimientos.

—Pero ¿pasadizos secretos?

—¿Y qué? Aunque los encuentre, aunque encuentre el que usó Lupin para entrar en casa del abogado y la mujer rubia para huir después del asesinato del barón, ¿habré adelantado algo? ¿Eso me proporcionará munición para atacarlo?

—Ataquemos siempre —insistió Wilson.

Sin terminar la frase, Wilson retrocedió con un grito. Algo había caído delante de él, un saco de arena a medio llenar, que podría haberlo herido gravemente.

Sholmès miró hacia arriba. Unos obreros trabajaban en un andamio sujeto al balcón de la quinta planta.

—Pues hemos tenido suerte —exclamó el policía—. Por poco nos cae en la cabeza el saco de uno de esos torpes. Francamente parece... —Dejó de hablar, se precipitó hacia el edificio, subió los cinco pisos, llamó al timbre, irrumpió en la casa y entró hasta el balcón ante la mirada atónita del criado. No había nadie—. ¿Los obreros que estaban aquí? —preguntó al criado.

—Acaban de irse.

—¿Por dónde?

—Pues por la escalera de servicio.

Sholmès se inclinó. Vio a dos hombres saliendo del edificio con las bicicletas en la mano. Se subieron a las bicis y desaparecieron.

—¿Hace mucho que trabajan en este andamio?

—¿Los obreros? Desde este mañana. Eran nuevos.

Sholmès alcanzó a Wilson.

Regresaron al hotel abatidos y aquel segundo día terminó en taciturno silencio.

Al día siguiente, idéntico plan. Se sentaron en el mismo banco de la avenida Henri-Martin, una espera interminable frente a los tres edificios para desgracia de Wilson que se aburría.

—Sholmès, ¿qué espera? ¿Que Lupin salga de esas casas?

—No.

—¿Que aparezca la mujer rubia?

—No.

—¿Entonces?

—Espero que ocurra algo, cualquier hecho insignificante que me sirva de punto de partida.

—¿Y si no ocurre?

—Pues algo ocurrirá en mí, una chispa que prenda la pólvora.

Solo un incidente, más bien desagradable, rompió la monotonía del día.

A un señor que cabalgaba por el camino de herradura, entre las dos calzadas de la avenida, se le fue el caballo, chocó con el banco donde los dos amigos estaban sentados y la grupa rozó la espalda de Sholmès.

—¡Eh! ¡Eh! —protestó el policía—. ¡Un poco más y me destroza la espalda!

El señor luchaba con el caballo. El inglés sacó el revólver y apuntó. Pero Wilson le sujetó el brazo con fuerza.

—¡Está loco, Herlock! ¡Pero va a matar a ese caballero!

—Suélteme, Wilson, suélteme.

Y empezaron a pelear. Mientras tanto, el señor dominó su montura y salió pitando.

—Y ahora, dispáreme a mí —gritó Wilson, triunfante, cuando el jinete estuvo a cierta distancia.

—Pedazo de imbécil, ¿no se ha dado cuenta de que era un cómplice de Arsène Lupin?

Sholmès temblaba de rabia.

—¿Qué dice? ¿Ese caballero? —balbuceó el pobre Wilson.

—Un cómplice de Lupin, igual que los obreros que nos tiraron el saco a la cabeza.

—¿Es posible?

—Posible o no, podíamos haber conseguido una prueba.

—¿Matando al jinete?

—Matando solo al caballo. Por su culpa, he perdido a uno de los cómplices. ¿Se da cuenta de su estupidez?

La tarde fue triste. No se dirigieron la palabra. A las cinco, cuando andaban dando vueltas por la calle Clapeyron, con mucho cuidado de caminar alejados de las casas, tres obreros jóvenes que cantaban agarrados del brazo los empujaron y pretendieron seguir sin soltarse. Sholmès, que estaba de muy mal humor, se enfrentó a ellos. Se produjo un breve forcejeo. El policía, en posición de boxeo, soltó un puñetazo a uno en el pecho, a otro en la cara y tumbó a dos de tres, que se fueron sin rechistar con su compañero.

—¡Ay! —exclamó el inglés— ¡Qué bien me ha sentado! Precisamente estaba tenso. Un trabajo excelente. —Pero vio a Wilson apoyado en la pared y le dijo—: ¿Qué le ocurre, viejo amigo? Está completamente pálido.

El viejo amigo se señaló el brazo que colgaba inerte.

—No sé qué me pasa. Me duele el brazo —balbuceó.

—¿Le duele el brazo? ¿De verdad?

—Sí, sí, el brazo derecho.

Por mucho que se esforzara, no conseguía moverlo. Herlock lo palpó primero con cuidado y luego con más dureza «para comprobar —dijo—, el grado exacto de dolor». El grado exacto de dolor fue tan alto que entró, muy preocupado, en una farmacia cercana, donde Wilson se desmayó.

El farmacéutico y los auxiliares lo atendieron. Comprobaron que tenía el brazo roto y enseguida se habló de cirujanos, operaciones y hospitales. Mientras esperaban, dejaron al descubierto el brazo del paciente, que gritaba de dolor.

—Bien, bien, perfecto —decía Sholmès, que se había encargado de sujetarle el brazo—. Un poco de paciencia, viejo amigo. En cinco o seis semanas, estará como nuevo. ¡Pero esos sinvergüenzas me las pagarán! ¿Me oye? Sobre todo él. Porque, otra vez, esto ha sido obra de ese miserable de Lupin. ¡Ay! Le juro que si alguna vez... —De pronto se calló, soltó el brazo de Wilson, lo que le produjo un arrebato de dolor tan fuerte que el pobre desgraciado volvió a desmayarse, y golpeándose la frente añadió—: Wilson, tengo una idea. ¿Por casualidad...? —El inglés no se movía, tenía la mirada fija y murmuraba frases entrecortadas—. Claro, eso es. Así se explicaría todo. A veces los árboles no nos dejan ver el bosque. ¡Claro que sí! Ya sabía yo que solo era cuestión de pensar. Amigo Wilson, creo que se alegrará. —Dejó al viejo amigo en la estacada, salió a la calle y corrió hasta el número 25. Encima de la puerta, a la derecha, en una de las piedras había una inscripción: «Destange, arquitecto, 1875». En el 23, la misma inscripción. Hasta ahí, todo normal. ¿Pero qué vería en la avenida Henri-Martin? Pasó un coche—. Cochero, a la avenida Henri-Martin, 134, y a galope. —En el coche, de pie, azuzaba al caballo y ofrecía propinas al cochero—. ¡Más rápido! ¡Aún más rápido! —¡Qué ansiedad al girar en la calle de la Pompe! ¿Había percibido algo de la verdad? En una de las piedras del palacete vio estas palabras grabadas: «Destange, arquitecto, 1874». En los edificios contiguos, la misma inscripción: «Destange, arquitecto, 1874». Las consecuencias de esas emociones fueron tantas que se quedó hundido en el coche unos minutos, temblando de alegría. ¡Por fin una lucecita vacilaba en la oscuridad! ¡En el bosque enorme y frondoso, donde mil senderos se cruzaban, conseguía la primera señal de la vía que seguía su enemigo! En una estafeta de correos pidió una llamada telefónica al castillo de Crozon. Le respondió la propia condesa—. ¡Oiga! ¿Es usted, señora?

—El señor Sholmès, ¿verdad? ¿Todo va bien?

—Muy bien, pero, rápidamente, ¿podría decirme...? ¿Oiga? Solo un dato.

—Lo escucho.

—¿En qué época se construyó el castillo de Crozon?

—Se quemó hace treinta años y luego se reconstruyó.

—¿Quién lo hizo y en qué año?

—Hay una inscripción encima de la escalinata de entrada que dice: «Lucien Destange, arquitecto, 1877».

—Gracias, señora, un saludo. —Salió de la estafeta murmurando—: Destange, este nombre me resulta conocido... —Vio una biblioteca, allí consultó un diccionario de biografías modernas y copió la entrada de Destange: «Lucien Destange, nacido en 1840, Premio Roma, caballero de la Legión de Honor, autor de obras sobre arquitectura muy apreciadas...». Entonces se dirigió a la farmacia y de allí al hospital a donde habían llevado a Wilson. El viejo amigo, en el lecho del dolor, con el brazo preso en una férula, desvariaba—. ¡Victoria! ¡Victoria! —gritó Sholmès—. Tengo el cabo del hilo.

—¿De qué hilo?

—¡Del que me llevará hasta mi objetivo! Caminaré por tierra firme, en donde habrá huellas, pistas...

—¿Ceniza de puro? —preguntó Wilson, al que el interés reanimaba.

—¡Y muchas más cosas! ¡Fíjese, Wilson, he descubierto el vínculo misterioso que unía las diferentes aventuras de la mujer rubia! ¿Por qué escogió Lupin las tres viviendas donde se desenlazaron estas tres aventuras?

—Eso, ¿por qué?

—Porque las construyó el mismo arquitecto. Y usted dirá: «Era fácil de adivinar». Es verdad, pero a nadie se le ocurrió.

—A nadie excepto a usted.

—Excepto a mí. Y ahora sé que el mismo arquitecto diseñó planos análogos que hicieron posible los tres actos, aparentemente milagrosos, pero en realidad sencillos y fáciles.

—¡Qué alegría!

—Ya era hora, viejo amigo, empezaba a impacientarme. Porque estamos en el cuarto día.

—De diez.

—¡Ay! A partir de ahora... —Sholmès no podía parar quieto, estaba efusivo y feliz en contra de sus costumbres—. Cada vez que pienso que esta tarde esos sinvergüenzas podían haberme roto el brazo a mí también. ¿Qué me dice, Wilson? —Wilson se limitó a estremecerse ante esa horrible idea. Y Sholmès añadió—: ¡Aprendamos la lección! Fíjese usted, Wilson, nuestra gran equivocación ha sido luchar contra Lupin a pecho descubierto y exponernos amablemente a sus jugarretas. Solo hemos sufrido inconvenientes, porque únicamente consiguió alcanzarlo a usted.

—Y salí con un brazo roto —gimió Wilson.

—Cuando podía habérnoslo roto a los dos. Fanfarronadas. He sido vencido a plena luz del día y vigilado. Así que oculto y moviéndome libremente tengo ventaja sean cuales sean las fuerzas del enemigo.

—Ganimard podría ayudarlo.

—¡Eso nunca! El día que pueda permitirme decir: aquí está Arsène Lupin, esta es su guarida y esto hay que hacer para dominarlo, iré a ponerme en contacto con Ganimard, en cualquiera de las dos direcciones que me dio: su casa, en la calle Pergolèse, o la Taberna suiza, en la plaza de Châtelet. Hasta entonces actúo solo. —Se acercó a la cama, le dio una palmada en el hombro, en el hombro malo, por supuesto, y le dijo con mucho cariño—: Cuídese, viejo amigo. Ahora su cometido consiste en tener ocupados a dos o tres hombres de Arsène Lupin, que esperarán inútilmente que venga a visitarlo para recuperar mi rastro. Es un cometido de confianza.

—Un cometido de confianza que yo le agradezco —respondió Wilson lleno de gratitud—. Y me esforzaré todo lo posible para cumplirlo concienzudamente. Entonces, por lo que veo, ¿ya no volverá?

—¿Para qué? —preguntó con frialdad Sholmès.

—Claro, claro. Estaré lo mejor posible. Pero, un último favor, Herlock: ¿podría darme algo de beber?

—¿De beber?

—Sí, con esta fiebre me muero de sed.

—¡Por supuesto! Inmediatamente.

Toqueteó dos o tres botellas, vio un paquete de tabaco, encendió la pipa y de pronto, como si no hubiera oído a su amigo, se fue mientras el viejo amigo imploraba con la mirada un vaso de agua inalcanzable.

—El señor Destange.

El criado miró de arriba abajo al individuo al que acababa de abrir la puerta del palacete —un palacete magnífico que hacía esquina en la plaza Malesherbes con la calle Montchanin—, y ante el aspecto de ese hombrecillo de pelo gris, mal afeitado, vestido con un redingote largo y negro de dudosa pulcritud, que se adaptaba a las rarezas de un cuerpo particularmente desfavorecido por la naturaleza, el criado respondió con el desdén adecuado:

—El señor Destange está o no, depende. ¿El señor tiene tarjeta?

El señor no tenía tarjeta, pero tenía una carta de recomendación y el criado tuvo que llevarla al señor Destange, que dio orden de hacer pasar al recién llegado.

El criado lo condujo a una habitación enorme en rotonda, con las paredes repletas de libros, que ocupaba una de las alas del palacete. El arquitecto lo saludó:

—¿Es usted el señor Stickmann?

—Sí, señor.

—Mi secretario me dice que está enfermo y le envía a usted para seguir con la catalogación de los libros que él empezó bajo mi dirección, especialmente la de los libros alemanes. ¿Tiene usted experiencia en este tipo de trabajo?

—Sí, señor, mucha experiencia —afirmó Stickmann, con un marcado acento tudesco.

Con esa respuesta, cerraron rápidamente el acuerdo y el señor Destange empezó a trabajar con su nuevo secretario sin demora.

Herlock Sholmès ya tenía el puesto.

El ilustre detective había tenido que zambullirse en lo desconocido, acumular estratagemas, ganarse el favor y la confianza de muchas personas, con varios nombres diferentes, en definitiva, vivir durante cuarenta y ocho horas una vida complicadísima para escapar de la vigilancia de Lupin y entrar en el palacete donde vivía Lucien Destange con su hija Clotilde.

Sholmès contaba con esta información: el señor Destange, de salud débil y con ganas de descansar, se había retirado de los negocios y vivía dedicado a su colección de libros de arquitectura. No le interesaba ningún placer salvo el espectáculo y el manejo de los tomos antiguos y polvorientos.

A su hija Clotilde se la consideraba una ermitaña. Siempre estaba encerrada, igual que su padre, pero en otra zona del palacete, y nunca salía de casa.

«Esto —pensaba el detective mientras apuntaba en un registro los títulos que el señor Destange le dictaba— aún no es decisivo, pero sí un gran paso adelante. Es posible que resuelva alguno de estos problemas apasionantes: ¿el señor Destange y Arsène Lupin son socios? ¿Se siguen viendo? ¿Hay documentación sobre la construcción de los tres edificios? ¿Esos documentos me proporcionarán la dirección de otros edificios, igualmente trucados, que se habría quedado Lupin para él y su banda?»

¡El señor Destange, cómplice de Arsène Lupin! La hipótesis de que un venerable hombre, caballero de la Legión de Honor, trabajara con un ladrón era inadmisible. Y aun admitiendo que fueran cómplices, ¿cómo habría podido Destange planear las fugas de Arsène Lupin treinta años antes cuando el ladrón aún usaba pañales?

¡Da igual! El inglés estaba convencido. Su olfato prodigioso y su particular instinto le decían que un misterio le rondaba. Lo adivinaba por pequeños detalles que no podía precisar, aunque los sintió desde que entró en el palacete.

El segundo día por la mañana, aún no había descubierto nada. A las dos vio por primera vez a Clotilde Destange, que había ido a la biblioteca a buscar un libro. Era una mujer de unos treinta años, morena, de gestos lentos y silenciosos, con esa expresión de indiferencia que tienen las personas con mucha vida interior. Intercambió unas palabras con el señor Destange y se retiró sin siquiera mirar a Sholmès.

La tarde transcurrió aburrida. A las cinco Destange avisó de que salía de casa. Sholmès se quedó solo en la galería circular situada a media altura de la rotonda. La luz se atenuaba. Cuando ya iba a marcharse, oyó un crujido y sintió que había alguien en la habitación. Transcurrieron varios minutos lentamente. De pronto, se estremeció: en la semioscuridad del balcón aparecía una sombra muy cerca de él. ¿Cómo era posible? ¿Desde cuándo estaba ahí ese personaje invisible? ¿De dónde había salido?

El hombre bajó las escaleras y se dirigió hacia un armario muy grande de roble. Sholmès se ocultó detrás del entelado que colgaba de la barandilla de la galería y de rodillas observó y vio al hombre hurgando entre los papeles que llenaban el armario. ¿Qué buscaba?

De pronto, la puerta se abrió y entró rápidamente la señorita Destange hablando con alguien que la seguía:

—Padre, ¿definitivamente no vas a salir? Entonces, encenderé... Un segundo, no te muevas. —El hombre cerró las puertas del armario, se escondió en el marco de una ventana muy ancha y corrió las cortinas. ¿Cómo pudo no verlo la señorita Destange? ¿Cómo no lo oyó? Ella, tranquilamente, encendió la luz y dejó pasar a su padre. Los dos se sentaron juntos. La chica abrió un libro que llevaba en la mano y empezó a leer—. ¿No está tu secretario? —preguntó al momento.

—No, ya lo ves.

—¿Sigues contento con él? —añadió como si no supiera que el auténtico secretario estaba enfermo y Stickmann lo sustituía.

—Sí, sí.

El señor Destange daba cabezadas y se durmió.

Transcurrió un rato. La chica seguía leyendo. El hombre apartó una de las cortinas de la ventana y se deslizó pegado a la pared hacia la puerta,

pasando por detrás del señor Destange, pero de frente a Clotilde, así que Sholmès pudo verlo claramente. Era Arsène Lupin.

El inglés se estremeció de alegría. No estaba equivocado, se había metido en el corazón del misterioso caso y Lupin aparecía en el lugar previsto.

Pero Clotilde no se movió, aunque era imposible que no viera ni un solo movimiento de ese hombre. Lupin casi había llegado a la puerta y estiraba el brazo hacia el pomo cuando rozó con la ropa un objeto que cayó de una mesa. El señor Destange se despertó sobresaltado. Y Arsène Lupin ya estaba delante de él, sonriendo, con el sombrero en la mano.

—Maxime Bermond —exclamó muy contento el señor Destange—. ¡Nuestro querido Maxime! ¿Qué le trae por aquí?

—Las ganas de verlos a usted y a la señorita Destange.

—¿Ya ha vuelto del viaje?

—Ayer.

—¿Y se quedará a cenar?

—No, ceno en un restaurante con unos amigos.

—¿Y mañana? Clotilde, insiste para que venga mañana. ¡Ay, el bueno de Maxime! Precisamente me he acordado de usted estos días.

—¿De verdad?

—Sí. Estaba ordenando papeles antiguos, en ese armario, y encontré nuestra última cuenta.

—¿Qué cuenta?

—La de la avenida Henri-Martin.

—¿Cómo? ¿Aún guarda esos papeles? ¿Para qué?

Los tres se acomodaron en un saloncito separado de la rotonda por un gran ventanal.

«¿Es Lupin?», se preguntó Sholmès, dudando de pronto.

Sí, evidentemente, era él, y también era otro hombre que se parecía en algo a Lupin, pero conservaba su clara individualidad, sus rasgos personales, su mirada, su color de pelo.

Arsène Lupin, vestido con traje, corbata blanca, una camisa ligera y ajustada, hablaba alegremente, contaba historias que hacían reír con todas sus fuerzas al señor Destange y arrancaban una sonrisa a Clotilde. Y cada sonrisa parecía una recompensa que Arsène Lupin buscaba y disfrutaba por haberla conquistado. Y aumentaba el ingenio y la alegría e, imperceptiblemente, con el sonido de esa voz feliz y clara, el rostro de Clotilde se animaba y perdía esa expresión de frialdad que la hacía poco simpática.

«Están enamorados —pensó Sholmès—. ¿Pero qué diablos pueden tener en común Clotilde Destange y Maxime Bermond? ¿Ella sabe que Maxime es Arsène Lupin?»

Hasta las siete estuvo escuchando ansiosamente y sacando provecho hasta de la más mínima palabra. Luego, con infinito cuidado, bajó y salió por el lado de la habitación por el que no podían verlo desde el salón.

Fuera, Sholmès se aseguró de que no había ningún automóvil ni coche de punto a la espera y se alejó cojeando por el bulevar Malesherbes. En una calle adyacente, se puso la gabardina que llevaba en el brazo, cambió la forma del sombrero, se enderezó y con otro aspecto regresó a la plaza donde se quedó vigilando, con la mirada fija en la puerta del palacete Destange.

Arsène Lupin salió casi inmediatamente y se dirigió al centro de París por las calles Constantinople y Londres. Herlock caminaba cien metros detrás de él.

¡Unos minutos deliciosos para el inglés! Olfateaba con avidez el aire, como un buen perro oliendo una pista reciente. Realmente, seguir a su enemigo le parecía algo infinitamente agradable. Ya no lo vigilaban a él, sino que él vigilaba a Arsène Lupin, al invisible Arsène Lupin. Por decirlo de algún modo, lo tenía al final de su mirada, como atado con un lazo imposible de romper. Y disfrutaba mirando entre los transeúntes a esa presa que le pertenecía. Pero pronto le llamó la atención algo extraño: en el espacio que lo separaba de Arsène Lupin, unas personas caminaban en la misma dirección, especialmente dos grandullones con bombín en la acera izquierda y otros dos con gorra y un cigarrillo en la boca en la acera derecha.

Quizá fuera solo casualidad. Pero Sholmès se sorprendió más cuando Lupin entró en un estanco y los cuatro hombres se detuvieron y aún más cuando volvieron a reanudar la marcha al mismo tiempo que él, aunque por separado, cada uno por su lado en la Chaussée d'Antin.

«¡Maldita sea —pensó Sholmès—, lo están siguiendo!».

Le desesperaba la idea de que otras personas estuvieran tras el rastro de Lupin, de que le arrebataran no ya la gloria —eso le preocupaba poco—, sino el inmenso placer, el ardiente deleite de someter él solo al enemigo más temible con el que jamás se había enfrentado. Pero no cabía error, los hombres tenían ese aire indiferente, ese aire demasiado natural de quienes ajustan el paso al paso de otra persona y no quieren que se fijen en ellos.

—¿Sabrá Ganimard más de lo que me ha dicho? —murmuró Sholmès—. ¿Me la estará jugando?

Tuvo ganas de abordar a uno de los cuatro individuos para ponerse de acuerdo con él. Pero al acercarse al bulevar se intensificó el gentío, le dio miedo perder a Lupin y apresuró el paso. Llegó justo cuando Lupin subía la escalera de un restaurante húngaro, que hacía esquina con la calle Helder. La puerta estaba abierta y Sholmès, desde un banco en la acera de enfrente, lo vio sentarse a una mesa con servicio de lujo, decorada con flores, donde ya había tres hombres trajeados y dos señoras muy elegantes que lo recibieron con muestras de simpatía.

Herlock buscó con la mirada a los cuatro individuos y los vio desperdigados entre unos grupos que escuchaba la orquesta zíngara de un café cercano. Curiosamente, esos hombres no parecían prestar atención a Arsène Lupin sino a las personas de su alrededor.

De pronto, uno de ellos sacó un puro del bolsillo y abordó a un señor con redingote y chistera. Le pidió fuego, pero a Sholmès le dio la sensación de que hablaban y más de lo necesario para encender un puro. Finalmente, el señor subió la escalera del restaurante y echó un vistazo al comedor. Vio a Lupin, se acercó y charlaron un momento, pero, cuando se sentó a la mesa más próxima, Sholmès reconoció al jinete de la avenida Henri-Martin.

Entonces lo entendió. ¡Esos hombres no seguían a Arsène Lupin, formaban parte de su banda! ¡Esos hombres velaban por su seguridad! Eran sus guardaespaldas, sus satélites, su atenta escolta. Los cómplices siempre estaban ahí donde su jefe pudiera correr peligro dispuestos a advertirle y a defenderlo. ¡Los cuatro individuos eran cómplices! ¡El señor del redingote era cómplice!

El inglés se estremeció. ¿Podría ser que jamás consiguiera detener a ese sujeto inaccesible? ¡Qué poder ilimitado tendría una asociación así, dirigida por un jefe como ese!

Arrancó una hoja de su cuaderno, escribió unas líneas a lápiz, la metió en un sobre y le dijo a un crío de unos quince años que estaba tumbado en el banco:

—Anda, chico, coge un coche y lleva esta carta a la cajera de la Taberna suiza, en la plaza de Châtelet. Y rápido.

Le dio una moneda de cinco francos. El crío desapareció.

Transcurrió media hora. Había mucha más gente y Sholmès solo veía de vez en cuando a los acólitos de Lupin. Pero alguien lo rozó y le dijo al oído:

—Señor Sholmès, ¿qué pasa?

—¿Es usted, señor Ganimard?

—Sí, recibí su nota en la Taberna. ¿Qué pasa?

—Está ahí.

—¿Qué dice?

—Allí, en un rincón del restaurante. Inclínese hacia la derecha. ¿Lo ve?

—No.

—Está sirviendo champán a la mujer sentada junto a él.

—Ese no es él.

—Es él.

—Yo le digo... ¡Ah! Pero sí, podría ser. ¡Ay! El muy sinvergüenza, ¡cómo se parece! —murmuró Ganimard ingenuamente—. Y los otros, ¿son cómplices?

—No. La mujer de su lado es lady Cliveden, la otra, la duquesa de Cleath, y enfrente está el embajador de España en Londres. —Ganimard salía ya hacia el restaurante, pero Herlock lo retuvo—. ¡Es una imprudencia! ¡Está usted solo!

—Él también.

—No, en el bulevar hay hombres vigilando, y dentro ese señor.

—Pero cuando haya puesto la mano encima a Arsène Lupin, gritando su nombre, tendré a todo el comedor de mi lado, a todos los camareros.

—Preferiría algunos agentes.

—Entonces, los amigos de Lupin se pondrían ojo avizor. No, entiéndalo, señor Sholmès, no hay elección.

Sholmès comprendió que tenía razón. Era mejor tentar a la suerte y aprovechar las circunstancias excepcionales. Únicamente le recomendó a Ganimard:

—Intente que lo reconozca lo más tarde posible.

Y él se escondió detrás de un kiosco de periódicos sin perder de vista a Arsène Lupin, que se inclinaba sonriendo sobre la mujer sentada a su lado.

El inspector cruzó la calle con las manos en los bolsillos como si fuera a pasar de largo. Pero, en cuanto llegó a la acera de enfrente, giró rápidamente y de un salto subió la escalera de entrada al restaurante.

Se oyó un pitido estridente. Ganimard se chocó con el *maître,* plantado de pronto en mitad de la puerta, que lo empujó indignado, como si fuera un intruso cuya equívoca indumentaria menoscabase la categoría del restaurante. Ganimard se tambaleó. En ese preciso instante, salía el señor del redingote. Se puso de parte del inspector y empezó a discutir violentamente con el *maître,* lo dos sujetaban a Ganimard, uno lo retenía, el otro lo empujaba, y, pese a todos sus esfuerzos y pese a sus protestas furiosas, el desgraciado acabó abajo de la escalinata.

Inmediatamente se aglomeró una multitud. Dos agentes de policía, atraídos por el barullo, intentaron abrirse paso entre la muchedumbre, pero los inmovilizó una resistencia incomprensible y no conseguían librarse de los hombros que los apretujaban ni de las espaldas que les cerraban el camino.

¡Y de repente, como por arte de magia, paso libre! El *maître* se da cuenta del error y se deshace en disculpas, el señor del redingote renuncia a defender al inspector y la multitud se aparta, los agentes entran, Ganimard embiste hacia la mesa de los seis comensales. Solo hay cinco. Mira a su alrededor, la puerta es la única salida.

—¿Y la persona que estaba sentada aquí? —grita a los cinco comensales atónitos—. Sí, ustedes eran seis. ¿Dónde está la sexta persona?

—¿El señor Destro?

—¡Claro que no, Arsène Lupin!

Un camarero se acerca:

—Ese señor acaba de subir al entresuelo.

Ganimard va corriendo. ¡En el entresuelo hay salones privados y una salida diferente al bulevar!

—Sí, ve a buscarlo ahora —se lamenta Ganimard—. ¡Ya está lejos!

Pero no estaba muy lejos, como mucho a doscientos metros, en el ómnibus de dos pisos Madeleine-Bastille que cruzaba la plaza de la Ópera y se alejaba tranquilamente por el bulevar de Capucines, al trotecito de sus tres caballos. En la plataforma, dos hombres robustos con bombín vigilaban. En el interior, en el piso alto, un viejecillo dormitaba: Herlock Sholmès.

El inglés, cabeceando, mecido por el movimiento del vehículo, hablaba consigo mismo:

—Si el bueno de Wilson me viera, ¡qué orgulloso se sentiría de su colaborador! ¡Bah! En cuanto se oyó el pitido, era fácil de suponer que habíamos perdido la partida y que lo mejor sería vigilar los alrededores del restaurante. Francamente, la vida se pone interesante con ese maldito hombre.

En la última parada, Herlock se inclinó, vio a Arsène Lupin pasando por delante de sus guardaespaldas y oyó que murmuraba «A Étoile».

«A Étoile, perfecto, tenemos una cita. Allí estaré. Dejemos que se largue en ese automóvil y sigamos en coche a los dos compañeros.»

Los dos compañeros se fueron a pie, efectivamente, llegaron a Étoile y pulsaron el timbre que abría la puerta de un edificio estrecho, en el número 40 de la calle Chalgrin. Una calle poco transitada que hace un recodo donde Sholmès pudo esconderse en la sombra del hueco del edificio.

Una de las dos ventanas de la planta baja se abrió y un hombre con bombín cerró las contraventanas. Por encima de las contraventanas se iluminó el montante.

Diez minutos más tarde, un señor pulsó el timbre de esa misma puerta e, inmediatamente después, otro individuo. Por fin se detuvo un automóvil y Sholmès vio bajar a dos personas: Arsène Lupin y una mujer envuelta en un abrigo, con un sombrero de velo tupido.

«Sin ninguna duda, la mujer rubia», pensó Sholmès mientras el coche se alejaba.

Esperó un instante, se acercó a la casa, trepó al alfeizar de la ventana y de puntillas, por el montante, echó un vistazo a la habitación.

Arsène Lupin, apoyado en la chimenea, hablaba animadamente. Los demás a su alrededor lo escuchaban con atención. Sholmès reconoció al señor del redingote y le pareció que otro era el *maître* del restaurante. La mujer rubia, sentada en un sillón, le daba la espalda.

«Tienen una reunión —pensó—. Les preocupa lo que ha ocurrido esta noche y necesitan reflexionar. ¡Ay, atraparlos de golpe a todos a la vez!»

Cuando uno de los cómplices se movió, Sholmès saltó a tierra y se escondió en la oscuridad. El señor del redingote y el *maître* salieron del piso. Inmediatamente, se iluminó la primera planta, alguien cerró las contraventanas. Las dos plantas quedaron a oscuras.

«Lupin y la mujer se han quedado en la planta baja —pensó Herlock—. Los dos cómplices viven en la primera.»

Estuvo esperando buena parte de la noche sin moverse, porque tenía miedo de que Lupin se marchara mientras él no estaba. A las cuatro de la mañana, vio a dos agentes de policía en el extremo de la calle, fue a su encuentro, les explicó la situación y les encomendó la vigilancia.

Entonces se dirigió a casa de Ganimard, en la calle Pergolèse, y lo despertó.

—Todavía lo tengo.

—¿A Arsène Lupin?

—Sí.

—Si lo tiene igual que antes, más me vale acostarme de nuevo. Bueno, pasemos por la comisaría.

Fueron a la calle Mesnil y de allí a casa del comisario, el señor Decointre. Luego, regresaron a la calle Chalgrin con media docena de hombres.

—¿Algo nuevo? —preguntó Sholmès a los dos agentes de guardia.

—Nada.

Asomaba el alba cuando el comisario, después de tomar las medidas oportunas, pulsó el timbre de la puerta y se dirigió a la portería. La mujer, horrorizada por aquella invasión, le respondió temblando que no había inquilinos en la planta baja.

—¡Cómo, no hay inquilinos! —gritó Ganimard.

—No, los del primero, los señores Leroux, la amueblaron para unos familiares que viven en provincias.

—¿Un señor y una señora?

—Sí.

—¿Que llegaron anoche con ellos?

—A lo mejor, yo estaba dormida. Pero creo que no, aquí está la llave, no la pidieron.

Con esa llave el comisario abrió la puerta que estaba al otro extremo del portal. El piso de la planta baja tenía solo dos habitaciones y estaban vacías.

—¡Imposible! —soltó Sholmès—. Yo vi a la mujer y al hombre.

—No lo dudo, pero ya no están —afirmó burlonamente el comisario.

—Vamos a la primera planta. Tienen que estar ahí.

—En el primero viven los señores Leroux.

—Interrogaremos a esos señores Leroux.

Subieron todos y el comisario llamó a la puerta. Al segundo timbrazo, apareció un individuo, en mangas de camisa y con aire furioso; era uno de los guardaespaldas.

—¿Qué quieren ustedes? ¿Qué es este escándalo? ¿Así se despierta a la gente? —Pero se detuvo desconcertado—. Dios me perdone. ¿De verdad no estoy soñando? ¡El señor Decointre! ¿Y usted también, Ganimard? ¿En qué puedo ayudarlos?

Se oyó una carcajada tremenda. Ganimard, presa de un ataque de risa, no aguantaba más, se doblaba y tenía la cara congestionada.

—Es usted, Leroux —decía tartamudeando—. Qué gracioso, Leroux cómplice de Arsène Lupin. ¡Ay! Me muero de risa. Leroux, ¿podemos ver a su hermano?

—Edmond, ¿estás ahí? Ganimard ha venido a visitarnos.

Apareció otro hombre y al verlo Ganimard se puso más contento aún.

—¿Será posible? ¡No teníamos ni idea! ¡Ay, amigos, están metidos en un buen lío! ¿Quién lo hubiera sospechado? Afortunadamente, el viejo Ganimard vigila y, sobre todo, tiene amigos que lo ayudan. ¡Amigos que vienen de lejos! —Se volvió hacia Sholmès y los presentó—: Victor Leroux, inspector de la Seguridad, uno de los mejores de la brigada de hierro. Edmond Leroux, funcionario superior del servicio de antropometría.

5

UN SECUESTRO

Herlock Sholmès no rechistó. ¿Protestar? ¿Acusar a esos dos hombres? Era inútil. Sin pruebas nadie lo creería, y no las tenía ni quería perder el tiempo buscándolas.

El policía, enormemente crispado, con los puños apretados, solo pensaba en disimular su rabia y decepción delante de un Ganimard triunfante. Se despidió educadamente de los hermanos Leroux, puntales de la sociedad, y se marchó.

En el portal, se desvió hacia una puerta baja que llevaba al sótano y recogió una piedrecita de color rojo: era un granate.

Fuera, se dio la vuelta, y cerca del número 40 de la casa leyó una inscripción: «Lucien Destange, arquitecto, 1877».

La misma inscripción en el número 42.

«Siempre una doble salida —pensó—. El 40 y el 42 se comunican. ¿Cómo no se me ocurrió? Tendría que haberme quedado con los dos agentes toda la noche.»

—¿Salieron dos personas por esa puerta mientras no estuve aquí? —preguntó a los agentes de guardia mientras señalaba la casa contigua.

—Sí, un señor y una señora.

Sujetó del brazo al inspector principal y lo llevó aparte.

—Señor Ganimard, se ha reído de mí con ganas porque está molesto por el pequeño inconveniente que le he causado.

—¡¿Cómo?! No estoy molesto en absoluto.

—¿Ah, no? Pero quien ríe el último ríe mejor, creo que tenemos que acabar con esto.

—Comparto su opinión.

—Hoy es el séptimo día. Es indispensable que llegue a Londres dentro de tres.

—¡Oh, oh!

—Y así será, señor, pero le ruego que esté preparado la noche del martes al miércoles.

—¿Para una expedición como esta? —dijo Ganimard, guasón.

—Sí, señor, como esta.

—¿Y cómo terminará?

—Con la captura de Lupin.

—¿Usted cree?

—Señor, se lo juro por mi honor.

Sholmès se despidió y fue a descansar un poco al hotel más cercano. Después, fortalecido y con confianza, regresó a la calle Chalgrin, le dio dos luises a la portera, se aseguró de que los hermanos Leroux habían salido de casa, supo que el edificio pertenecía a un tal señor Harmingeat y bajó al sótano con una vela, por la puertecita junto a la que había recogido el granate.

Al final de la escalera encontró otro igual.

«No me equivocaba —pensó—, las casas se comunican por aquí. Veamos si mi llave maestra abre la bodeguilla del inquilino de la planta baja. Sí, perfecto. Examinemos estos botelleros. ¡Oh, oh! Hay huecos sin polvo. Y en el suelo huellas de pisadas.»

Un ruidito le hizo aguzar el oído. Rápidamente, cerró la puerta, sopló la vela y se escondió detrás de un montón de cajas vacías. Segundos después, notó que uno de los botelleros de hierro giraba despacio y arrastraba consigo el trozo de pared en el que estaba sujeto. Se proyectó la luz de una linterna. Apareció un brazo y entró un hombre.

Estaba inclinado como si buscase algo. Con la punta de los dedos removía el polvo y varias veces se enderezó y echó algo a una caja de cartón que llevaba en la mano izquierda. Luego borró el rastro de sus pasos y las huellas que Lupin y la mujer rubia habían dejado y se acercó al botellero.

Se oyó un grito ronco y el hombre se derrumbó. Sholmès había saltado sobre él. Fue cosa de un minuto, de la manera más simple del mundo, el intruso se vio en el suelo, atado de pies y manos.

El inglés se inclinó sobre su presa.

—¿Cuánto quieres por hablar? ¿Por decir lo que sabes?

El hombre respondió sonriendo con tanta ironía que Sholmès comprendió lo inútil de la pregunta.

El policía se limitó a registrar los bolsillos del prisionero, pero solo encontró un manojo de llaves, un pañuelo y la cajita de cartón, que tenía dentro una docena de granates iguales a los que Sholmès había encontrado. ¡Escaso botín!

Además, ¿qué iba a hacer con ese hombre? ¿Esperar a que sus amigos acudieran en su ayuda y entregarlos a la policía? ¿Para qué? ¿Qué ventaja supondría frente a Lupin?

Estaba dudando, cuando el examen de la caja lo decidió. La cajita tenía una dirección: «Léonard, joyero, calle de la Paix».

Simplemente, resolvió dejar allí al hombre. Empujó el botellero, cerró la puerta del sótano y salió del edificio. Desde una estafeta de correos envió un telegrama al señor Destange para decirle que iría al día siguiente. Luego se dirigió a la joyería y mostró los granates al comerciante.

—La señora me envía con estas piedras. Se le cayeron de una joya que compró aquí.

Sholmès había dado en el clavo.

—Ah, sí. La señora me llamó. Vendrá pronto —respondió el joyero.

El inglés se apostó en la acera, pero hasta las cinco no distinguió a una mujer envuelta en un velo tupido con un aspecto que le pareció sospechoso. Por el escaparate pudo ver que dejaba en el mostrador una joya antigua con granates.

La mujer se fue casi al momento, hizo unas compras a pie, subió hacia Clichy y estuvo dando vueltas por unas calles que el inglés desconocía. Al caer la noche, el policía se coló tras ella, sin que el portero lo viera, en un edificio de dos antecuerpos y cinco plantas y, en consecuencia, con muchos inquilinos. La mujer se detuvo en el segundo y entró. Dos minutos más tarde, el inglés tentaba a la suerte y probaba con mucho cuidado las llaves que se había llevado. La cuarta abrió la cerradura.

A través de la oscuridad, distinguió unas habitaciones con todas las puertas abiertas y completamente vacías, como las de una casa deshabitada. Al fondo de un pasillo, se filtró la luz de una lámpara, cuando se acercó de puntillas vio, por un espejo sin azogue que separaba el salón de una habitación contigua, que la mujer del velo se quitaba la ropa y el sombrero, los dejaba en la única silla de la habitación y se ponía una bata de terciopelo.

También la vio acercarse a la chimenea y pulsar un timbre eléctrico. La mitad de un panel a la derecha de la chimenea se activó, se deslizó en paralelo a la pared y se introdujo dentro del panel contiguo.

Cuando se abrió lo suficiente, la mujer pasó y desapareció con la lámpara.

El sistema era muy sencillo. Sholmès lo utilizó.

Caminó en la oscuridad a tientas pero, de pronto, unas cosas blandas le dieron en la cara. Con la luz de una cerilla comprobó que estaba en un trastero pequeño lleno de vestidos y ropa colgados de unas barras. Se abrió paso y se detuvo delante del hueco de la puerta, tapado con un tapiz o, al menos, con el revés de un tapiz. Cuando se estaba consumiendo la cerilla, distinguió una luz que atravesaba la urdimbre floja y desgastada de la tela.

Entonces miró por el tapiz.

Ahí estaba la mujer rubia, delante de sus ojos, al alcance de su mano.

La mujer apagó la lámpara y encendió la luz eléctrica. Sholmès pudo verle la cara por primera vez. Se estremeció. La mujer a la que acababa de alcanzar después de tantos rodeos y maniobras era Clotilde Destange.

¡Clotilde Destange era la asesina del barón d'Hautrec y la ladrona del diamante azul! ¡Clotilde Destange era la misteriosa amiga de Arsène Lupin! ¡Es decir, la mujer rubia!

«Pues claro, soy un zoquete—pensó el policía—. No se me ocurrió relacionar a las dos mujeres porque la amiga de Lupin es rubia y Clotilde morena.

¡Como si la mujer rubia pudiera seguir rubia después del asesinato del barón y el robo del diamante!»

Sholmès veía una parte de la habitación, un elegante saloncito femenino, decorado con tapicería clara y figuritas valiosas. Un canapé de caoba en un escalón bajo. Y ahí estaba sentada Clotilde, sin moverse, con la cara entre las manos. Al momento, Sholmès se dio cuenta de que la mujer lloraba. Unas lágrimas gruesas le corrían por las mejillas pálidas, se deslizaban hacia la boca y caían gota a gota en el terciopelo. Las seguían indefinidamente otras lágrimas, como salidas de una fuente inagotable. Esa desesperación triste y resignada, que expresaba el lento caer de las lágrimas, era el espectáculo más triste que hubiera.

Entonces, se abrió una puerta a su espalda y entró Arsène Lupin.

Estuvieron mirándose mucho rato, sin hablar, luego, él se arrodilló junto a ella, apoyó la cabeza en su pecho y la rodeó con los brazos; qué profunda ternura y cuánta lástima había en ese abrazo. No se movían. Un dulce silencio los unía, y las lágrimas caían menos abundantes.

—¡Me habría gustado tanto hacerte feliz! —susurró Lupin.

—Soy feliz.

—No, porque estás llorando. Tus lágrimas me entristecen. —Pese a todo, Clotilde se dejaba atrapar por el sonido de esa voz cariñosa y escuchaba ávida de esperanza y de felicidad. Una sonrisa dulcificó su rostro, ¡pero qué triste sonrisa! Y Lupin le suplicó—: No estés triste, Clotilde, no debes. No tienes motivos.

Clotilde le enseñó las manos blancas, finas y ágiles.

—Mientras estas sean mis manos estaré triste, Maxime —le respondió muy seria.

—¿Por qué?

—Han matado.

—¡Calla! No pienses en eso. ¡El pasado está muerto, el pasado no importa! —gritó Maxime.

Besó las manos largas y pálidas, Clotilde lo miraba con una sonrisa más luminosa, como si cada uno de los besos borrara un poco el horrible recuerdo.

—Maxime, tienes que amarme, tienes que hacerlo, porque ninguna mujer te amará como yo. He actuado, y sigo haciéndolo, por complacerte, ni siquiera obedezco tus órdenes sino tus deseos secretos. He cometido actos contra los que se rebelan todos mis instintos y mi conciencia, pero no puedo resistirme. Todo lo que hago, lo hago mecánicamente, porque es útil para ti y porque así lo quieres. Y estoy dispuesta a volver a empezar mañana y siempre.

—¡Ay, Clotilde! ¿Por qué te habré mezclado en mi vida aventurera? Tendría que haber seguido siendo el Maxime Bermond que te amó hace cinco años y no descubrirte al otro hombre —afirmó Lupin con amargura.

—También amo a ese otro hombre y no lamento nada —respondió Clotilde en voz muy baja.

—Sí, añoras tu vida anterior, una vida sin esconderte.

—Cuando estás conmigo no añoro nada —insistió apasionadamente Clotilde—. Cuando mis ojos te ven, ya no hay culpa, ya no hay crimen. Qué más me da ser desgraciada lejos de ti y sufrir y llorar y aborrecer todo lo que hago. Tu amor lo borra todo, acepto todo, ¡pero tienes que amarme!

—No te amo porque tenga que hacerlo, Clotilde, sino por la única razón de que te quiero.

—¿Estás seguro? —le preguntó llena de esperanza.

—Estoy seguro de ti y de mí. Pero mi vida es implacable, frenética, y no puedo dedicarte siempre el tiempo que me gustaría.

Inmediatamente Clotilde se intranquilizó.

—¿Qué pasa? ¿Algún nuevo peligro? Dime, rápido.

—Bueno, aún nada grave. Aunque...

—¿Aunque?

—Pues nos sigue la pista.

—¿Sholmès?

—Sí. Él mandó a Ganimard al restaurante húngaro. Y él apostó a los dos agentes en la calle Chalgrin anoche. Tengo las pruebas. Ganimard registró la casa esta mañana y Sholmès estaba con él. Además...

—¿Además?

—Hay otra cosa: nos falta un hombre, Jeanniot.

—¿El portero?

—Sí.

—Yo lo mandé esta mañana a la calle Chalgrin, para que recogiera los granates que perdí del broche.

—No cabe duda, Sholmès lo habrá atrapado.

—Imposible. Llevó los granates al joyero de la calle de la Paix.

—¿Y qué ha sido de él desde entonces?

—¡Ay, Maxime, tengo miedo!

—No hay por qué asustarse. Pero reconozco que la situación es muy delicada. ¿Qué sabe Sholmès? ¿Dónde se esconde? Su fuerza reside en su soledad. Nada puede traicionarlo.

—¿Y qué piensas?

—Prudencia extrema, Clotilde. Ya hace tiempo decidí cambiar de instalación y trasladarme al refugio impenetrable que tú conoces. La intervención de Sholmès lo precipita. Cuando un hombre como él sigue una pista, hay que pensar que llegará inevitablemente hasta el final. Así que tengo todo preparado. Pasado mañana, miércoles, haremos la mudanza. Terminaremos a mediodía. A las dos ya me habré llevado los últimos rastros de nuestro montaje, que no es poco, y podré marcharme. Hasta entonces...

—¿Hasta entonces?

—No debemos vernos y nadie puede verte, Clotilde. No salgas. Por mí, no tengo miedo a nada. Pero si hablamos de ti, me da miedo todo.

—Es imposible que ese inglés llegue hasta mí.

—Con él todo es posible y tengo que estar atento. Ayer, cuando tu padre casi me sorprende, había ido a hurgar en el armario donde guarda los registros de Destange. Son un peligro. Hay peligro por todas partes. Noto al enemigo merodeando en la oscuridad, cada vez más cerca. Siento que nos vigila, que extiende sus redes a nuestro alrededor. Es una intuición de esas que nunca me fallan.

—Entonces, vete, Maxime —dijo Clotilde—. No pienses en mis lágrimas. Seré fuerte y esperaré a que conjures el peligro. Adiós, Maxime.

Lo besó durante mucho tiempo y luego lo empujó fuera. Sholmès escuchó el sonido de sus voces alejándose.

El inglés, sobrexcitado por esa necesidad de actuar contra viento y marea que lo estimulaba desde el día anterior, se metió temerariamente en una antecámara que tenía una escalera en un extremo. Pero, cuando iba a bajar, le llegó el murmullo de una conversación del piso inferior y prefirió seguir por un pasillo circular que llevaba a otra escalera. Debajo de esa escalera, le sorprendió ver unos muebles con formas y colocación que conocía. Había una puerta entreabierta. Entró en una habitación redonda enorme. La biblioteca del señor Destange.

—¡Perfecto! ¡Admirable! —murmuró—. Ahora lo comprendo todo. El saloncito de Clotilde, es decir, de la mujer rubia, tiene acceso a uno de los pisos de la casa contigua, que no da a la plaza Malesherbes, sino a una calle adyacente, la calle Montchanin, si no recuerdo mal. ¡De maravilla! Ya entiendo cómo Clotilde Destange se reúne con su amado y conserva la reputación de una mujer que no sale nunca. Y además entiendo cómo anoche Arsène Lupin apareció junto a mí en la galería: el piso contiguo también debe de tener otro acceso a esta biblioteca. —Y deducía—: Otra casa trucada. ¡Y una vez más, seguramente el arquitecto es Destange! Ahora es cuestión de aprovechar la visita para comprobar qué hay en el armario y para documentarme sobre las demás casas trucadas.

Sholmès subió a la galería y se escondió detrás del entelado de la barandilla. Esperó allí hasta el anochecer. Un criado apagó las luces. Una hora después, el inglés encendió la linterna y fue al armario.

Como ya sabía, ahí estaban los documentos antiguos del arquitecto, informes, presupuestos y libros de contabilidad. En un rincón, había una serie de libros de registro, clasificados cronológicamente.

Eligió alguno de los últimos años y examinó el índice, en concreto, la letra H. Por fin encontró la palabra Harmingeat, junto al número 63, fue a la página 63 y leyó: «Harmingeat, calle Chalgrin, 40». Le seguía el detalle de las obras que hizo ese cliente para instalar un calefactor en el edificio. Y al margen, una nota: «Ver el informe M. B.».

—Y sé perfectamente —dijo— que el informe M. B. es el que necesito para conocer el domicilio actual del señor Lupin.

Hasta la mañana, no descubrió el famoso informe, en la segunda mitad de un libro de registro.

Tenía quince páginas. En una estaba copiada la página del señor Harmingeat, de la calle Chalgrin. Otra detallaba las obras que hizo el señor Vatinel, propietario del 25 de la calle Clapeyron. Había otra sobre el barón d'Hautrec, avenida Henri-Martin, 134, otra sobre el castillo de Crozon y once más sobre distintas propiedades en París.

Sholmès hizo una la lista de los once nombres y las once direcciones, luego puso todo en su lugar, abrió una ventana y saltó a la plaza desierta, sin olvidarse de cerrar las contraventanas.

En la habitación del hotel, encendió la pipa con la solemnidad que le daba a este acto y, envuelto en nubes de humo, estudió las conclusiones que se podían extraer del informe M. B. o, mejor dicho, del informe Maxime Bermond, alias Arsène Lupin.

A las ocho, envió un correo neumático a Ganimard:

> Quizá pase esta mañana por la calle Pergolèse y le entregue a una persona cuya captura es de gran trascendencia. En cualquier caso, quédese en su casa esta noche y mañana miércoles hasta mediodía e ingénieselas para tener unos treinta hombres a su disposición.

Luego, en el bulevar, eligió un coche de servicio público con un chofer que le gustó porque tenía una cara alegre y poco inteligente y le pidió que lo llevara a la plaza Malesherbes, a cincuenta metros del palacete Destange.

—Mozo, apague el motor —dijo al conductor—, súbase el cuello del abrigo, porque el viento es frío, y espéreme pacientemente. Dentro de una hora y media, arranque el motor. En cuanto llegue, directos a la calle Pergolèse.

En el momento de entrar en el palacete, aún dudó un instante: ¿No sería un error distraerse con la mujer rubia mientras Lupin terminaba los preparativos de su huida?

«Bah —pensó—, cuando la mujer rubia sea mi prisionera, dominaré la situación.»

Y entró.

El señor Destange ya estaba en la biblioteca. Trabajaron un rato. Y cuando Sholmès buscaba una excusa para subir a la habitación de Clotilde, la chica entró, saludó a su padre, se sentó en el saloncito y empezó a escribir.

El inglés la veía desde donde estaba, inclinada en la mesa, pensando de vez en cuando, con la pluma al aire y cara preocupada. Esperó un momento, luego cogió un libro y le dijo al señor Destange:

—Este es precisamente el libro que la señorita Destange me pidió que le llevara en cuanto diera con él. —Se dirigió al saloncito y se plantó delante de Clotilde, de manera que su padre no pudiera verlo, y soltó—: Soy el señor Stickmann, el nuevo secretario del señor Destange.

—¡Ah! —respondió la chica sin inmutarse—. ¿Mi padre ha cambiado de secretario?

—Sí, señorita, y me gustaría hablar con usted.

—Puede sentarse, señor, he acabado. —Añadió algunas palabras a la carta, la firmó y selló el sobre, apartó los papeles, cogió el teléfono y pidió un número, le comunicaron con su modista, le rogó que terminara de prisa un abrigo de viaje que necesitaba con urgencia y después se volvió hacia Sholmès—: Ya estoy con usted. Pero ¿no debería estar presente mi padre en esta conversación?

—No, señorita, incluso le suplicaría que no levantara la voz. Es preferible que el señor Destange no nos oiga.

—¿Por qué?

—Por usted, señorita.

—No acepto conversaciones que mi padre no pueda oír.

—Pues esta tendrá que aceptarla.

Ambos se levantaron mirándose a los ojos.

—Hable, señor —cedió Clotilde.

Aún de pie, Sholmès empezó:

—Me perdonará usted si me equivoco en algunos detalles sin importancia. Lo que le aseguro es la exactitud de los hechos en general que expongo.

—Déjese de rodeos, se lo ruego. Vaya al grano.

La brusquedad de la interrupción hizo pensar al inglés que la mujer estaba a la defensiva.

—De acuerdo, iré directo al grano —subrayó Sholmès—. Hace cinco años su padre conoció a un tal señor Maxime Bermond, que se presentó como contratista o arquitecto, no sabría precisar. El caso es que el señor Destange se encariñó con ese joven y, como su salud ya no le permitía ocuparse de sus negocios, encargó al señor Bermond la ejecución de algunas obras que su padre había aceptado de antiguos clientes y consideraba adecuadas para su colaborador.

Herlock se detuvo. Le pareció que la chica estaba aún más pálida.

—Señor, desconozco los hechos de los que me habla, pero, sobre todo, no entiendo en qué me atañen —protestó Clotilde con la mayor tranquilidad.

—En lo siguiente, señorita: el verdadero nombre del señor Maxime Bermond es Arsène Lupin y usted lo sabe igual de bien que yo.

Clotilde estalló en carcajadas.

—¡Imposible! ¿Arsène Lupin? ¿Maxime Bermond se llama Arsène Lupin?

—Como tengo el honor de decirle, señorita, y ya que se niega a entenderme con medias palabras, añadiré que Arsène Lupin encontró aquí una amiga, más que una amiga, una cómplice ciega y devotamente entregada, para llevar a cabo sus planes.

La chica se levantó sin ninguna inquietud o al menos con tan poca que a Sholmès le sorprendió su gran dominio.

—Ignoro el objetivo de su comportamiento, señor, y prefiero seguir ignorándolo. Así que le ruego que no diga ni una palabra más y salga de aquí —insistió.

—Nunca tuve la intención de imponerle mi presencia indefinidamente —respondió Sholmès igual de tranquilo—, pero estoy decidido a no salir solo de este palacete.

—¿Y quién lo acompañará?

—¡Usted!

—¿Yo?

—Sí, señorita, saldremos juntos y usted vendrá conmigo sin protestar y sin decir nada.

Lo extraño de aquella situación era la tranquilidad absoluta de los dos adversarios. Por la actitud y el tono de las voces parecían dos personas con distintas opiniones discutiendo educadamente, en lugar de dos poderosas voluntades en un duelo implacable.

En la rotonda, por el ventanal abierto de par en par, se veía al señor Destange manipulando los libros con gestos medidos.

Clotilde volvió a sentarse y se encogió ligeramente de hombros. Herlock sacó el reloj.

—Son las diez y media. Dentro de cinco minutos nos vamos.

—¿O de lo contrario?

—De lo contrario, iré a buscar al señor Destange y le contaré...

—¿Qué?

—La verdad. Le hablaré de la falsa vida de Maxime Bermond y le hablaré de la doble vida de su cómplice.

—¿De su cómplice?

—Sí, la que llaman la mujer rubia, la que fue rubia.

—¿Y qué pruebas le dará?

—Lo llevaré a la calle Chalgrin y le enseñaré el pasadizo que Arsène Lupin mandó construir a sus hombres entre el 40 y el 42, aprovechando las obras que dirigía, el pasadizo que ustedes dos utilizaron la antepasada noche.

—¿Y después?

—Después llevaré al señor Destange a casa del letrado Detinan y bajaremos por la escalera de servicio, por la que Arsène Lupin y usted bajaron para escapar de Ganimard. Y su padre y yo buscaremos el acceso, probablemente parecido, que lleva a la casa contigua, casa cuya salida da al bulevar de Batignolles y no a la calle Clapeyron.

—¿Y después?

—Después llevaré al señor Destange al castillo de Crozon. Él sabe las obras que hizo Arsène Lupin durante la restauración del castillo, así que le resultará fácil descubrir los accesos secretos que construyeron los hombres de Arsène Lupin. Comprobará que esos accesos permitieron a la mujer rubia entrar en la habitación de la condesa por la noche y robar el diamante azul de la chimenea, para luego, dos semanas más tarde, entrar en la habitación del cónsul Bleichen y esconder el diamante dentro de un frasco, algo bastante raro, lo confieso, quizá una venganza femenina, no lo sé, pero tampoco importa.

—¿Y después?

—Después —agregó Herlock, con un tono más serio—, llevaré al señor Destange a la avenida Henri-Martin, 134 y buscaremos cómo el barón d'Hautrec...

—Cállese, cállese —protestó Clotilde, balbuceando, de pronto horrorizada—. ¡Se lo prohíbo! ¿Se atreve usted a decir...? ¿Me acusa?

—La acuso de haber matado al barón d'Hautrec.

—No, no, eso es una infamia.

—Señorita, usted mató al barón. Usted entró a su servicio con el nombre de Antoinette Bréhat para arrebatarle el diamante azul y lo mató.

—Calle, señor, se lo suplico. Si sabe tantas cosas, también sabrá que yo no asesiné al barón —murmuró otra vez, rota, ya solo implorando.

—Señorita, yo no he dicho que usted lo asesinara. El barón d'Hautrec sufría unos arrebatos de locura que solo dominaba la hermana Auguste. Ella me lo dijo. Como no estaba la hermana, el barón debió de lanzarse contra usted y durante la pelea usted lo golpeó para defenderse. Y usted, horrorizada, tocó el timbre y huyó, sin siquiera arrancar del dedo de la víctima el diamante azul que había ido a robar. Al momento, volvió con uno de los cómplices de Lupin, criado en la casa vecina, llevaron al barón a la cama y ordenaron la habitación, pero no se atrevieron a coger el diamante azul. Eso es lo que pasó. Así que, lo repito, usted no asesinó al barón, aunque sus manos lo golpearon.

Clotilde tenía las manos cruzadas, apoyadas en la frente, unas manos largas, finas y pálidas, y así las dejó un rato, sin moverlas. Al fin, desanudó los dedos, mostró un rostro muy triste y dijo:

—¿Y piensa decirle todo esto a mi padre?

—Sí, y le diré que tengo testigos: la señorita Gerbois reconocerá a la mujer rubia, la hermana Auguste, a Antoinette Bréhat y la condesa de Crozon, a la señora de Réal. Esto es lo que le diré.

—No se atreverá —afirmó la señorita Destange, recuperando la sangre fría ante la amenaza del peligro inminente.

El inglés se levantó y dio un paso hacia la biblioteca. Clotilde lo detuvo.

—Un instante, señor. —Se quedó pensativa, ya dominándose y, muy tranquila, le preguntó—: Usted es Herlock Sholmès, ¿verdad?

—Sí.

—¿Qué quiere de mí?

—¿Qué quiero? He entablado un duelo con Arsène Lupin y tengo que ganarlo. Mientras espero el desenlace, que ya no puede tardar mucho, creo que un rehén tan valioso como usted me dará una ventaja importante frente a mi adversario. Así que, usted, señorita, vendrá conmigo y alguno de mis amigos la retendrá. En cuanto consiga mi objetivo, quedará libre.

—¿Eso es todo?

—Es todo. Yo no pertenezco a la policía de su país y no me siento con ningún derecho a... ajusticiar. —Clotilde parecía decidida. Pero le exigió un respiro. Cerró los ojos, Sholmès la miraba, muy tranquila de pronto, casi indiferente al peligro que la rodeaba. «¿Se cree siquiera en peligro? —pensaba el inglés—. Claro que no, porque Lupin la protege. Con Lupin nada puede sucederte. Lupin es omnipotente e infalible»—. Señorita, le dije cinco minutos y ya ha pasado más de media hora.

—Señor, ¿me permite subir a mi habitación y coger algunos efectos personales?

—Si quiere, señorita, la esperaré en la calle Montchanin. Soy un gran amigo de Jeanniot, el portero.

—¡Ah! También lo sabe —dijo con miedo evidente.

—Sé muchas cosas.

—De acuerdo. Entonces, pediré que me los traigan.

Le llevaron un sombrero y una capa.

—Tendrá que darle a su padre alguna explicación de por qué nos vamos juntos y, en caso de necesidad, de por qué se ausentará algunos días.

—No es necesario. Pronto estaré de vuelta.

Otra vez se desafiaron con la mirada irónicos y sonrientes.

—¡Cuánto confía en él! —afirmó Sholmès.

—Ciegamente.

—Todo lo que Lupin hace está bien, ¿verdad? Todo lo que quiere se convierte en realidad. Y usted aprueba todo y está dispuesta a todo por él.

—Lo amo —asintió, temblando de pasión.

—¿Y cree que la salvará?

Clotilde se encogió de hombros, se acercó a su padre y le dijo:

—Me llevo al señor Stickmann. Vamos a la Biblioteca Nacional.

—¿Volverás para el almuerzo?

—Quizá. O a lo mejor no, pero no te preocupes. —Y dirigiéndose a Sholmès, añadió con seguridad—: Señor, detrás de usted.

—¿Sin segundas intenciones?

—Con los ojos cerrados.

—Si intenta escapar, daré aviso, la detendrán e irá a la cárcel. No olvide que hay una orden de arresto contra la mujer rubia.

—Le juro por mi honor que no intentaré escapar.

—La creo. Vamos.

Y salieron los dos juntos del palacete, como Sholmès había dicho.

En la plaza, el automóvil estaba estacionado, girado en sentido opuesto. Se veía la espalda del conductor y la gorra que le tapaba casi hasta el cuello del abrigo. Sholmès, al acercarse oyó el ruido del motor. Abrió la portezuela, pidió a Clotilde que subiera y él se sentó junto a la mujer.

El coche arrancó bruscamente, pasó por los bulevares exteriores, la avenida Hoche y la avenida de la Grande-Armée.

Herlock, preocupado, preparaba un plan.

«Ganimard está en su casa, le entrego a la chica. ¿Le digo quién es? No, la llevaría derecha a prisión preventiva y eso lo entorpecería todo. Cuando me quede solo, consulto la lista del informe M. B. y me voy de caza. Esta noche, o mañana por la mañana a más tardar, voy a encontrarme con Ganimard, como quedamos, y le entrego a Arsène Lupin y a su banda.»

Se frotó las manos feliz, porque al fin sentía el objetivo a su alcance y veía que ningún obstáculo importante lo separaba de él. Necesitaba desahogarse, algo contrario a su carácter, por eso le dijo a Clotilde:

—Perdone, señorita, que me sienta así de satisfecho. La batalla ha sido dura y ganarla me resulta especialmente grato.

—Una victoria legítima, señor, y está en su derecho de alegrarse.

—Se lo agradezco. Pero ¡vamos por una carretera muy extraña! ¿No me ha entendido el chófer? —En ese momento salían de París por la puerta de Neuilly—. ¡Qué diablos! La calle Pergolèse no está fuera de las murallas. Sholmès bajó el cristal—. ¡Eh, conductor! Se ha equivocado. A la calle Pergolèse. —El hombre no respondió. El inglés repitió más alto—: Le digo que a la calle Pergolèse. —El hombre siguió sin responder—. ¡Pero bueno! Está usted sordo, amigo. O lo hace deliberadamente. Aquí no se nos ha perdido nada. ¡A la calle Pergolèse! Le ordeno que dé media vuelta y lo más rápido posible. —Silencio. El inglés se estremeció preocupado. Miró a Clotilde: tenía una sonrisa indefinible—. ¿Por qué se ríe? —masculló—. Este incidente no tiene ninguna relación. Esto no cambia nada.

—Absolutamente nada —asintió la señorita Destange.

De pronto, una idea lo desquició. Se incorporó a medias y examinó con mayor atención al hombre del asiento delantero. Tenía la espalda más estrecha y una actitud más desenvuelta. Sintió un sudor frío y se le crisparon las manos ante la espantosa realidad que se imponía: ese hombre era Arsène Lupin.

—Bien, señor Sholmès, ¿qué le parece el paseíto?

—Delicioso, querido amigo, francamente delicioso —respondió el inglés.

Quizá, jamás en su vida Herlock había tenido que hacer un esfuerzo de contención así de terrible para articular esas palabras sin que le temblara la voz, sin que nada demostrara el estallido de todo su ser. Pero enseguida, por una especie de reacción extraordinaria, una ola de rabia y odio rompió los diques, se llevó su voluntad y con un gesto repentino sacó el revólver y encañonó a la señorita Destange.

—Lupin, deténgase en este mismo momento, al instante, o disparo a la señorita.

—Le recomiendo que apunte a la mejilla si quiera dar en la sien —respondió Lupin sin girar la cabeza.

—Maxime, no corras mucho, el pavimento está resbaladizo y soy muy miedosa —protestó Clotilde.

La mujer seguía sonriendo, con la mirada fija en los adoquines de la carretera que se erizaban delante del coche.

—¡Que pare el coche! ¡Que pare! —le dijo Sholmès loco de ira—. ¡Créame que soy capaz de todo!

El cañón del revólver rozó el pelo.

—¡Este Maxime es un imprudente! A esta velocidad derraparemos seguro —farfulló Clotilde. Sholmès guardó el arma en el bolsillo y agarró la manilla de la portezuela, dispuesto a tirarse del coche, pese a lo absurdo que era—. Señor, tenga cuidado, hay un coche detrás —añadió la mujer rubia.

El policía se inclinó. Efectivamente, los seguía un coche enorme, de aspecto feroz, con una proa afilada, de color sangre, y cuatro hombres curtidos dentro.

«Bueno —pensó el inglés—, me tienen bien vigilado, esperemos.»

Cruzó los brazos con esa sumisión orgullosa de los que se rinden, pero esperan que la suerte se vuelva contra el enemigo. Y mientras cruzaban el Sena y dejaban atrás Suresnes, Rueil, Chatou, quieto, con resignación, dominando la rabia y sin amargura, solo pensaba en descubrir por qué milagro Arsène Lupin había sustituido al chófer. Que el buen chico que había elegido por la mañana en el bulevar pudiera ser un cómplice puesto allí era inadmisible. Pero alguien tenía que haber avisado a Lupin y solo podía haber sido después de que él amenazara a Clotilde, porque nadie sospechaba su plan. Y desde ese momento no se había separado de ella.

Un recuerdo le chocó: la llamada telefónica que pidió la chica, la conversación con la modista. Lo entendió de inmediato. Antes incluso de que él hablara, solo con el anuncio de la conversación que solicitaba el nuevo secretario del señor Destange, Clotilde olfateó el peligro, adivinó el nombre y el objetivo del visitante y llamó a Lupin para pedirle ayuda con frialdad y completa naturalidad, como si estuviera haciendo de verdad lo que parecía, utilizando la tapadera de un proveedor y unas claves que tenían establecidas. Cómo llegó Arsène Lupin, por qué le pareció sospechoso un coche aparcado, con el motor en marcha, y cómo sobornó al chófer daba igual. Lo que apasionaba a Sholmès hasta el punto de mitigar su rabia era recordar el momento en que una simple mujer, enamorada, es verdad, reprimiendo los nervios, superando el instinto, paralizando los rasgos de la cara y dominando la expresión de los ojos, había engañado al viejo Herlock Sholmès.

¿Qué podía hacer contra un hombre al que seguían unos ayudantes de ese calibre y que infundía ese acopio de valor y energía a una mujer con el único poder de su autoridad?

Atravesaron el Sena y subieron el monte Saint-Michel; a quinientos metros de la ciudad, el automóvil aminoró. El otro coche los alcanzó y los dos se detuvieron. No había nadie por los alrededores.

—Señor Sholmès, tenga la amabilidad de cambiar de vehículo. ¡El nuestro es francamente lento!

—¡Por supuesto! —respondió Sholmès, muy solícito, porque no le quedaba más remedio.

—Permítame también que le preste el abrigo, iremos bastante rápido, y que lo invite a estos dos bocadillos. Sí, sí, acéptelos, ¡quién sabe cuándo cenará!

Los cuatro hombres habían bajado del otro coche. Uno se acercó y, como se había quitado las gafas, Sholmès reconoció al señor con redingote del restaurante húngaro.

—Devolved el coche al chófer al que se lo alquilé. Está esperando en la primera taberna de la derecha de la calle Legendre. Entregadle el segundo pago de mil francos que le prometí. ¡Ah! Lo olvidaba, ten la amabilidad de prestarle tus gafas al señor Sholmès —ordenó Lupin.

Habló con la señorita Destange, luego se sentó al volante y se marchó con Sholmès a su lado y uno de sus hombres detrás.

Lupin no exageró al decir que irían «bastante rápido». Desde el principio condujo a una velocidad vertiginosa. El horizonte iba a su encuentro, parecía atraerlo una fuerza misteriosa y desaparecía al instante como absorbido por un abismo donde también se precipitaban árboles, casas, llanuras y bosques, con la prisa alborotada de un torrente que siente la cercanía de la sima.

Sholmès y Lupin no intercambiaron ni una palabra. Encima de sus cabezas, las hojas de los álamos sonaban rítmicamente, por la distancia regular de los árboles, como enormes olas. Y las ciudades se esfumaron: Mantes, Vernon, Gaillon. De una a otra colina, de Bon-Secours a Canteleu, a Ruan, a su extrarradio, al puerto, a sus kilómetros de muelles, Ruan pareció la calle de una aldea. Las ondas de aquel potente vuelo rozaron Duclair, Caudebec y el País de Caux, y Lillebonne, y Quillebeuf. De pronto, se vieron a orillas del Sena, al final de un muelle pequeño, donde había un robusto velero, de líneas sobrias, con una chimenea que soltaba volutas de humo negro.

El coche se detuvo. Habían recorrido casi 200 kilómetros en dos horas.

Un hombre vestido con un chaquetón azul y una gorra ribeteada de oro se acercó y saludó.

—¡Perfecto, capitán! —dijo Lupin—. ¿Ha recibido el mensaje?

—Sí.

—¿El Hirondelle está preparado?

—Hirondelle, preparado.

—¿Señor Sholmès? —El inglés miró a su alrededor, vio un grupo de personas en la terraza de un café, otro más cerca, a un instante, pero enseguida comprendió que, antes de que alguien interviniera, lo arrollarían, embarcarían y lo meterían en la bodega del barco, así que cruzó la pasarela y siguió a Lupin al camarote del capitán. Era un camarote muy amplio, de una pulcritud meticulosa y muy luminoso gracias al barniz de los paneles y el brillo de los errajes. Lupin cerró la puerta y, sin preámbulos, casi bruscamente, le preguntó—: Exactamente, ¿qué sabe usted?

—Todo.

—¿Todo? Concrete. —En su voz ya no había ese tono de cortesía algo irónica que utilizaba para dirigirse al inglés. Tenía el énfasis autoritario de un jefe acostumbrado a mandar y a que todo el mundo, incluido Herlock Sholmès, se doblegase ante él. Se midieron con la mirada, entonces eran enemigos, enemigos declarados y a punto de estallar. Lupin, un poco irritado, añadió—: Señor Sholmès, usted se ha cruzado en mi camino varias veces. Todas están de más y estoy harto de perder el tiempo desbaratando las trampas que me tiende. Le advierto que mi comportamiento con usted dependerá de su respuesta. ¿Qué sabe exactamente?

—Todo, señor, se lo repito.

Arsène Lupin se contuvo y con voz entrecortada dijo:

—Yo le diré lo que sabe. Sabe que con el nombre de Maxime Bermond retoqué quince casas que el señor Destange había construido.

—Sí.

—De esas quince casas usted conoce cuatro.

—Sí.

—Y tiene una lista de las otras once.

—Sí.

—La lista la sacó de casa del señor Destange, probablemente esta noche.

—Sí.

—Y, como supone que yo me quedé inevitablemente con uno de esos once edificios para mis necesidades y las de mis amigos, le pidió a Ganimard que se pusiera en campaña y descubriera mi refugio.

—No.

—¿Eso qué significa?

—Significa que actúo solo y que iba a ponerme en campaña solo.

—Entonces, mientras esté en mis manos no tengo nada que temer.

—Mientras esté en sus manos, no.

—Es decir, ¿no se quedará aquí?

—No.

Arsène Lupin se acercó aún más al inglés y le puso muy despacio una mano en el hombro.

—Señor, escuche, no estoy de humor para charlas y, desgraciadamente, usted no está en condiciones de ponerme en jaque. Así que acabemos con esto.

—Acabemos.

—Va a darme su palabra de honor de que no intentará escapar del barco antes de llegar a aguas inglesas.

—Le doy mi palabra de honor de que intentaré escaparme por todos los medios —respondió Sholmès, inquebrantable.

—Pero, ¡demonios!, sabe que con una palabra puedo dejarlo atado de pies y manos. Todos estos hombres me obedecen a ciegas. A una señal, le pondrán una cadena al cuello.

—Las cadenas se rompen.

—Y lo tirarán por la borda a diez millas de la costa.

—Sé nadar.

—Buena respuesta —asintió Lupin riendo—. Dios me perdone, estaba furioso. Mis excusas, maestro, acabemos ya. ¿Admite que tomo las medidas necesarias para mi seguridad y la de mis amigos?

—Todas las medidas. Pero son inútiles.

—De acuerdo. Y no me lo reprochará.

—Es su deber.

—Entonces, adelante. —Lupin abrió la puerta y llamó al capitán y a dos marineros. Lo agarraron, lo registraron, le ataron los pies y lo sujetaron a la litera del capitán—. Ya basta —ordenó Lupin—. Francamente, si no fuera por su obstinación y la gravedad excepcional de las circunstancias, nunca me atrevería. —Los marineros se fueron y Lupin se dirigió al capitán—: Capitán, un hombre de la tripulación se quedará aquí, a disposición del señor Sholmès, y usted lo acompañará siempre que pueda. Sean muy respetuosos con él. Es un invitado, no un prisionero. ¿Qué hora tiene usted, capitán?

—Las dos y cinco.

Lupin miró su reloj y luego otro que había en la pared del camarote.

—¿Las dos y cinco? De acuerdo. ¿Cuánto tardarán en llegar a Southampton?

—Sin prisas, nueve horas.

—Que sean once. No deben tocar tierra antes de que zarpe el barco que sale de Shouthampton a las doce de la noche y llega a El Havre a las ocho de la mañana. ¿Me entiende, capitán? Repito: como sería extremadamente peligroso para todos que el señor Sholmès regresara a Francia en ese barco, no deben llegar a Southampton antes de la una de la madrugada.

—Entendido.

—Adiós, maestro. Hasta el próximo año, en este mundo o en el otro.

—Hasta mañana.

Unos minutos después, Sholmès escuchó alejarse al automóvil e inmediatamente el vapor resopló con más fuerza en las profundidades del Hirondelle. El barco zarpaba.

Hacia las tres ya habían atravesado el estuario del Sena y entraban a mar abierto. En ese momento, Herlock Sholmès dormía profundamente tumbado en la litera a la que estaba atado.

A la mañana siguiente, décimo y último día de la guerra entre los dos grandes rivales, *L'Écho de France* publicaba este fantástico suelto:

> Ayer, Arsène Lupin recibió un decreto de expulsión contra el detective inglés, Herlock Sholmès. El decreto, notificado a las doce de la mañana, se ejecutó el mismo día. Sholmès desembarcó en Southampton a la una de la madrugada.

6

LA SEGUNDA DETENCIÓN DE ARSÈNE LUPIN

Desde las ocho de la mañana, doce camiones de mudanza bloqueaban la calle Crevaux, entre la avenida del Bois de Boulogne y la avenida Bugeud. El señor Félix Davey dejaba la casa que ocupaba en la cuarta planta del número 8. Y el señor Dubreuil, un anticuario que había unido en un solo piso la quinta planta de ese edificio y las de los dos edificios contiguos, trasladaba la colección de muebles que atraía diariamente a muchos clientes extranjeros: una mera coincidencia, porque esos dos señores no se conocían.

En ninguno de los doce vehículos figuraba el nombre ni la dirección de la empresa de mudanzas, un detalle que llamó la atención en el barrio, pero del que no se habló hasta más tarde, y ninguno de los trabajadores se entretuvo con los vecinos que los rondaban. Fueron tan eficaces que a las once de la mañana habían terminado. Solo quedaban esos montones de papeles y trapos que se dejan en los rincones de las habitaciones vacías.

El señor Félix Davey era un hombre joven, elegante, que vestía a la moda con exquisito gusto y llevaba un bastón de entrenamiento cuyo peso revelaba unos bíceps extraordinarios. El señor Félix Davey fue a sentarse tranquilamente a un banco, en la alameda transversal que corta la avenida del

Bois, frente a la calle Pergolèse. Una mujer con un vestido corriente leía el periódico a su lado y un niño jugaba, cavando con una pala en una pila de arena.

Al momento, Félix Davey le preguntó a la mujer sin girar la cabeza:

—¿Ganimard?

—Esta mañana, se fue a las nueve.

—¿Adónde?

—A la prefectura de policía.

—¿Solo?

—Solo.

—¿Por la noche recibió algún comunicado?

—No.

—¿En la casa, siguen confiando en usted?

—Sí. Le hago alguna tarea a la señora Ganimard y ella me cuenta todo lo de su marido. Hemos pasado la mañana juntas.

—Está bien. Hasta nueva orden, siga viniendo todos los días a las once. —Davey se levantó y se dirigió al Pabellón Chino, cerca de la puerta Dauphine, a comer algo ligero: dos huevos, verdura y fruta. Luego regresó a la calle Crevaux y le dijo a la portera—: Echo un vistazo arriba y le entrego las llaves. —Terminó la revisión en la habitación que utilizaba como despacho. Allí cogió el extremo de una tubería de gas con codo articulado que colgaba por dentro de la chimenea, quitó el tapón de cobre, adaptó un aparatito con forma de corneta y silbó. Le respondió otro silbido ligero. Se llevó el tubo a la boca y susurró—: ¿Nadie, Dubreuil?

—Nadie.

—¿Puedo subir?

—Sí.

Dejó la tubería en su sitio mientras iba pensando: «¿Hasta dónde llegará el progreso? En este siglo abundan los pequeños inventos que hacen la vida mucho más agradable y pintoresca. ¡Y muy divertida! Sobre todo, si se sabe jugar con la vida como yo».

Giró una de las molduras de mármol de la chimenea. La losa se movió, el espejo que la coronaba se deslizó por unas ranuras invisibles y dejó al descubierto un agujero enorme, donde se iniciaban los peldaños de una escalera muy limpia, construida en el cuerpo de la chimenea, con hierro cuidadosamente pulido y baldosas de porcelana blanca.

Subió las escaleras. En la quinta planta, el mismo orificio encima de la chimenea. El señor Dubreuil lo esperaba.

—¿Has terminado aquí?

—Sí.

—¿Han recogido todo?

—Absolutamente todo.

—¿Y el personal?

—Solo quedan tres hombres vigilando.

—Vamos a verlos.

Subieron uno detrás del otro por el mismo camino hasta la planta del servicio y llegaron a una buhardilla donde había tres individuos, uno mirando por la ventana.

—¿Sin novedades?

—Sin novedades, jefe.

—¿La calle está tranquila?

—Completamente.

—Dentro de diez minutos me marcho definitivamente. Vosotros también. Hasta entonces, avisadme del menor movimiento sospechoso en la calle.

—Jefe, tengo el dedo en el timbre de alarma.

—Dubreuil, ¿advertiste al personal de mudanza que no tocara los cables de este timbre?

—Sí, funciona perfectamente.

—Entonces estoy tranquilo. —Davey y Dubreuil bajaron a casa del primero. Davey colocó la moldura de mármol y, muy contento, comentó—: Dubreuil, me gustaría ver la cara de quien descubra todos estos trucos admirables, timbres de alarma, red de cables eléctricos y tuberías acústicas, pasadizos ocultos, láminas de parqué deslizantes, escaleras secretas... ¡Una auténtica conspiración mágica!

—¡Qué publicidad para Arsène Lupin!

—Publicidad de la que habrá que prescindir. Una pena dejar una instalación así. Dubreuil, tenemos que volver a empezar. Y, por supuesto, con un modelo nuevo, porque nunca hay que repetirse.

—¿Aún no ha vuelto Sholmès?

—¿Cómo? De Shouthampton solo zarpa un barco, el de medianoche, y de El Havre solo sale un tren, el de las ocho de la mañana, que llega a las once y once. Si no ha embarcado a medianoche, y es imposible porque di instrucciones concisas al capitán, no podrá estar en Francia hasta esta noche, por Newhaven y Dieppe.

—¡Y si viene!

Sholmès nunca abandona una partida. Volverá, pero demasiado tarde. Nosotros ya estaremos lejos.

—¿Y la señorita Destange?

—Tengo que verla dentro de una hora.

—¿En su casa?

—No. Hasta dentro de unos días no regresará a su casa, cuando pase la tormenta y yo no tenga que preocuparme por ella. Pero date prisa, Dubreuil. Llevará mucho tiempo embarcar todos nuestros paquetes y hace falta que estés en el muelle.

—¿Seguro que nadie nos vigila?

—¿Quién? Solo me daba miedo Sholmès.

Dubreuil se marchó. Félix Davey dio un último repaso, recogió dos o tres cartas rotas, vio un trozo de tiza, lo cogió, dibujó en el papel oscuro de la pared del comedor un marco grande y escribió, como si fuera una placa conmemorativa:

A PRINCIPIOS DEL SIGLO XX, AQUÍ VIVIÓ CINCO AÑOS
ARSÈNE LUPIN, CABALLERO Y LADRÓN.

Esa broma pareció dejarlo muy satisfecho. La miró silbando con aire alegre.

—Ahora que ya estoy en paz con los historiadores de las generaciones futuras, larguémonos —dijo—. Dese prisa, maestro Herlock Sholmès, antes de tres minutos me habré marchado de mi guariada y usted habrá fracasado rotundamente. ¡Dos minutos más! ¡Maestro, me está haciendo esperar! ¡Otro minuto! ¿No viene? Entonces, proclamo su decadencia y mi apoteosis. Ante lo cual, me largo. ¡Adiós, reino de Arsène Lupin! No volveré a verte. Adiós a las cincuenta y cinco habitaciones de los seis pisos en los que reinaba. ¡Adiós a mi cuartito, a mi austero cuartito! —Un timbre cortó en seco su arrebato poético, un timbre agudo, rápido y estridente que se interrumpió dos veces, sonó dos veces más y paró. Era la señal de alarma. ¿Qué ocurría? ¿Qué peligro inesperado? ¿Ganimard? Por supuesto que no. Estuvo a punto de volver a su despacho y huir. Pero antes se acercó a la ventana. Nadie en la calle. Entonces, ¿estaría el enemigo en el edificio? Aguzó el oído y creyó oír unos rumores confusos. Ya sin dudar, corrió hacia el despacho y, cuando entraba, distinguió el ruido de una llave que alguien intentaba meter en la cerradura de la puerta del vestíbulo—. Demonios —murmuró—, ya va siendo hora de que me marche. Quizá la casa esté rodeada. La escalera de servicio, imposible. Por suerte, la chimenea... —Empujó con fuerza la moldura: no se movió. Más fuerte: no se movió. En ese preciso momento, tuvo la sensación de que se abría la puerta y se oían unos pasos—. Maldita sea —juró—, estoy perdido si el dichoso mecanismo...

Apretó los dedos alrededor de la moldura. Empujó con todo el peso de su cuerpo. No se movió nada. ¡Nada! Por una increíble mala suerte, por una espantosa crueldad del destino, el mecanismo que un minuto antes funcionaba, ya no.

Lupin se ensañó, se crispó. La losa de mármol seguía inerte, inmóvil. ¡Maldición! ¿Sería posible que ese estúpido obstáculo le cerrara el camino? Golpeó el mármol, le dio unos puñetazos rabiosos, le pegó varios golpes seguidos, lo insultó...

—¿Qué ocurre, señor Lupin? ¿Hay algo que no funciona como a usted le gusta? —Lupin se dio la vuelta espantado. ¡Herlock Sholmès estaba delante de él! ¡Herlock Sholmès! Lo miró abriendo y cerrando los ojos, como si lo incomodara una cruel visión. ¡Herlock Sholmès en París! ¡La víspera lo había enviado a Inglaterra como un paquete peligroso y en ese momento se erigía frente a él, triunfante y libre! ¡Para que se hubiera producido ese imposible milagro, pese a la voluntad de Arsène Lupin, era necesaria la alteración de las leyes naturales y el triunfo de todo lo ilógico y anormal! ¡Herlock Sholmès frente a él! El inglés, irónico y con esa cortesía desdeñosa con la que su enemigo se había dirigido a él a menudo, añadió—: Señor Lupin, le advierto que, a partir de este momento, jamás volveré a pensar en la noche que me hizo pasar en el palacete del barón d'Hautrec ni en las desgracias de mi amigo Wilson ni en el secuestro en su automóvil ni tampoco en el viaje que acabo de hacer, atado a una litera incómoda por orden suya. Este momento lo borra todo. Ya no recuerdo nada. Me siento recompensado. Me siento absolutamente recompensado. —Lupin siguió en silencio y el inglés añadió—: ¿No le parece?

Sholmès parecía insistir como si estuviera reclamando una conformidad, una especie de recibo por el pasado.

Lupin se quedó pensando un instante y durante ese rato el inglés se sintió penetrado, escrutado hasta en lo más profundo del alma.

—Supongo, señor, que su conducta actual se apoya en motivos serios. ¿Es así? —respondió al fin.

—Extremadamente serios.

—El hecho de que haya escapado del capitán y de los marineros no es más que un incidente secundario en nuestra lucha. Pero el hecho de que esté aquí, delante de mí, solo, fíjese, solo frente a Arsène Lupin, me lleva a pensar que la venganza es completa y posible.

—Completa y posible.

—¿La casa?

—Rodeada.

—¿Las otras dos casas contiguas?

—Rodeadas.

—¿El piso de arriba?

—Los tres quintos del señor Dubreuil rodeados.

—Así que...

—Así que está atrapado, señor Lupin, irremediablemente atrapado.

Lupin sufrió los mismos sentimientos que trastornaron a Sholmès durante el paseo en coche, la misma rabia concentrada, la misma indignación, y también, al fin y al cabo, la misma lealtad le hizo inclinarse ante la realidad de las cosas. Los dos igual de poderosos tenían que aceptar la derrota como un daño temporal al que hay que resignarse.

—Señor, estamos en paz —afirmó Lupin claramente. El inglés pareció feliz con esa declaración. Los dos se quedaron callados. Luego, ya dominándose, Arsène añadió—: ¡No estoy enfadado! Se había vuelto un fastidio ganar cada vez. Solo tenía que estirar el brazo para alcanzarle en todo el pecho. Esta vez, aquí estoy. ¡Tocado, maestro! —Lupin reía de buena gana—. ¡Por fin vamos a divertirnos! Lupin ha caído en la trampa. ¿Cómo saldrá? ¡En la trampa! ¡Qué aventura! Maestro, le debo una emoción tremenda. ¡Esto es vida! —Se apretó las sienes con los dos puños como para contener la alegría descontrolada que se agitaba dentro de él, también hacía los gestos de un niño que se lo está pasando en grande. Al final, se acercó al inglés y le preguntó—. ¿Y ahora, a qué espera?

—¿A qué espero?

—Sí, Ganimard está fuera con sus hombres. ¿Por qué no entran?

—Porque se lo he pedido yo.

—¿Y ha accedido?

—Para requerir sus servicios, le puse como condición indispensable que me dejara dirigir la operación.

—Entonces, le repito la pregunta de otra forma. ¿Por qué ha entrado solo?

—Porque primero quería hablar con usted.

—¡Ah, ah! Quiere hablar conmigo. —A Lupin pareció gustarle mucho esta idea. Hay determinadas circunstancias en las que son preferibles de largo las palabras a los hechos—. Señor Sholmès, lamento no tener un sillón para ofrecerle. ¿Le serviría esta caja vieja, rota? ¿O el reborde de la ventana? Estoy seguro de que un vaso de cerveza le vendría bien. ¿Rubia o tostada? Pero siéntese, se lo ruego.

—Es inútil. Hablemos.

—Le escucho.

—Seré rápido. Mi objetivo en Francia no era detenerlo. Me he visto obligado a perseguirlo porque no tenía otro modo de llegar a mi objetivo.

—¿Que era?

—¡Recuperar el diamante azul!

—¡El diamante azul!

—Así es, porque el que encontraron en el frasco del cónsul Bleichen no era el auténtico.

—Efectivamente. El auténtico me lo envió la mujer rubia y mandé hacer una copia exacta, porque entonces tenía planes para el resto de las joyas de la condesa, y, como el cónsul Bleichen ya era sospechoso, la mujer rubia metió el diamante falso en el equipaje del cónsul y así seguir ella libre de sospecha.

—Mientras usted se quedaba con el auténtico.

—Por supuesto.

—Necesito ese diamante.

—Imposible. Lo siento infinito.

—Se lo prometí a la condesa de Crozon. Lo conseguiré.

—¿Y cómo si lo tengo yo?

—Precisamente por eso.

—Entonces, ¿yo se lo daré?

—Sí.

—¿Voluntariamente?

—Se lo compro.

Lupin soltó una carcajada.

—Sholmès, es usted un ingenuo. Trata este asunto como un negocio.

—Es un negocio.

—¿Y qué me ofrece?

—La libertad de la señorita Destange.

—¿Su libertad? Que yo sepa no está detenida.

—Le daré a Ganimard las indicaciones necesarias. Sin su protección, también la atraparán.

Lupin volvió a estallar en carcajadas.

—Querido amigo, me ofrece lo que no tiene. La señorita Destange está segura y sin nada que temer. Pido otra cosa.

El inglés titubeó, a todas luces incómodo, con las mejillas un poco sonrojadas. De pronto, puso la mano en el hombro de su enemigo y le dijo:

—Y si le propusiera…

—¿Mi libertad?

—No, pero al menos puedo salir de esta habitación, consultar con Ganimard...

—¿Y darme tiempo a pensar?

—Sí.

—¡Ay, Dios mío! ¿Y eso para qué me servirá? El maldito mecanismo no funciona —protestó Lupin, empujando irritado la moldura de la chimenea. Ahogó un grito de sorpresa; esta vez, el capricho de las cosas, la vuelta inesperada de la suerte, ¡la losa de mármol se había movido bajo sus dedos! Era su salvación, la posibilidad de fugarse. Entonces, ¿para qué iba a aceptar las condiciones de Sholmès? Caminó de un lado a otro, como si pensara una respuesta. Luego, también él puso la mano en el hombro del inglés—. Señor Sholmès, lo tiene todo bien calculado, pero prefiero actuar solo.

—Pero...

—No, no necesito a nadie.

—Cuando Ganimard lo atrape, todo habrá acabado. No lo soltarán.

—¡Quién sabe!

—Veamos, es una locura. Todas las salidas están vigiladas.

—Falta una.

—¿Cuál?

—La que utilizaré.

—¡Tonterías! Puede considerarse detenido.

—Pero no lo estoy.

—¿Entonces?

—Me quedo con el diamante azul.

Sholmès consultó el reloj.

—Son las tres menos diez. A las tres llamo a Ganimard.

—Así que tenemos diez minutos por delante para charlar. Aprovechémoslos, Sholmès, y, para satisfacer la curiosidad que me devora, dígame cómo ha conseguido mi dirección y el nombre de Félix Davey.

Aunque Sholmès lo vigilaba atentamente, porque le preocupaba su buen humor, aceptó con gusto darle esa breve explicación que satisfacía su amor propio.

—¿Su dirección? La sé por la mujer rubia —respondió.

—¡Clotilde!

—La misma. Recuerde, ayer por la mañana, cuando quise llevármela en un coche, la señorita Destange llamó a su modista.

—Así es.

—Pues bien, después me di cuenta de que la modista era usted. Y esta noche, en el barco, con un esfuerzo de memoria, que quizá es algo de lo que se me permitirá enorgullecerme, conseguí recordar los dos últimos números de su teléfono, 73. Y, como tenía la lista de sus casas «retocadas», en cuanto llegué a París, esta mañana, a las once, me resultó fácil buscar y encontrar en la guía telefónica el nombre y la dirección del señor Félix Davey. Cuando ya tuve el nombre y la dirección, pedí ayuda a Ganimard.

—¡Admirable! ¡De categoría! Solo puedo rendirme ante usted. Pero no entiendo cómo llegó al tren de El Havre. ¿Cómo consiguió escaparse del Hirondelle?

—No me escapé.

—Pero...

—Usted ordenó al capitán que llegara a Southampton después de la una de la madrugada. Me desembarcaron a las doce. Así que pude subir al barco a El Havre.

—¿El capitán me traicionó? Imposible.

—No lo traicionó.

—¿Entonces?

—Le traicionó el reloj del capitán.

—¿Su reloj?

—Sí. Lo adelanté una hora.

—¿Cómo?

—Como se adelantan los relojes, girando la corona. Los dos charlábamos sentados uno junto al otro y a él le entretenían mucho mis historias. ¡Lo juro!, no se dio cuenta de nada.

—Bravo, bravo, la jugada es buena, me la guardo. Pero ¿y el reloj de la pared del camarote?

—¡Ay! El reloj de la pared fue más difícil, porque tenía las manos atadas, pero el marinero que me vigilaba cuando no estaba el capitán aceptó de buena gana dar un empujoncito a las agujas.

—¿Él? ¡Vamos! ¿Él accedió?

—¡Oh! ¡El marinero desconocía la importancia del hecho! Le dije que tenía que coger a toda costa el primer tren a Londres, y se dejó convencer.

—¿Cómo?

—Con un regalito que, además, el buen hombre pensaba entregarle lealmente a usted.

—¿Qué regalo?

—Una tontería.

—Pero ¿qué?

—El diamante azul.

—¡El diamante azul!

—Sí, el falso, el que usted cambió por el diamante de la condesa y luego ella me dio a mí.

A Lupin le dio un ataque de risa, repentino y ruidoso. Estaba admirado, con los ojos llenos de lágrimas.

—Dios, ¡qué divertido! ¡Mi diamante falso acaba en manos del marinero! ¡Y el reloj del capitán! ¡Y las agujas del péndulo!

Sholmès nunca había sentido tan violenta la lucha con Lupin como en ese momento. Con su instinto prodigioso, percibía la concentración de su enemigo, como si condensara todas sus facultades.

Lupin se acercó al inglés poco a poco. El inglés retrocedió y como despistado metió la mano en el bolsillo del reloj.

—Son las tres, señor Lupin.

—¿Ya, las tres? ¡Qué pena! ¡Con lo que nos estamos divirtiendo!

—Espero su respuesta.

—¿Mi respuesta? Dios mío, ¡qué exigente es usted! Entonces, se acaba la partida. ¡Y el premio es mi libertad!

—O el diamante azul.

—De acuerdo, juegue usted primero. ¿Qué va a hacer?

—Yo tengo el rey —dijo Sholmès, al tiempo que disparaba el arma.

—Y yo el as —respondió Lupin lanzando un puñetazo al inglés.

Sholmès había disparado al aire para llamar a Ganimard, porque le pareció urgente que interviniera. Pero el puñetazo de Arsène alcanzó directamente al estómago del policía y este palideció, tambaleándose. Lupin llegó de un salto a la chimenea, la losa de mármol ya empezaba a moverse. ¡Demasiado tarde! La puerta se abrió.

—Ríndase, Lupin, de lo contrario...

Ahí estaba Ganimard, apostado más cerca de lo que Lupin suponía, apuntándolo con el revólver. Y detrás de Ganimard se amontonaban diez, veinte hombres, unos grandullones fuertes y sin escrúpulos que lo habrían matado como a un perro, al menor intento de resistencia.

—¡No me toquen! Me rindo —dijo, con un gesto muy tranquilo. Y se cruzó de brazos.

Se produjo como un asombro general. En la habitación sin muebles ni cortinas, las palabras de Lupin se prolongaron en eco. «¡Me rindo!» ¡Palabras increíbles! Todos esperaban que, de pronto, desapareciera por una trampilla o por un paño de la pared que se derrumbase delante de él y lo librara, otra vez, de sus agresores. Pero se rendía.

Ganimard se acercó al prisionero y, muy emocionado, con toda la solemnidad que contenía ese acto, extendió la mano hacia su enemigo y tuvo la infinita satisfacción de pronunciar:

—Lupin, está detenido.

—Brrrr —tembló Lupin—. El gran Ganimard, me impresiona usted. ¡Qué cara más triste! Parece que estuviera hablando ante la tumba de un amigo. Vamos, cambie esos aires de funeral.

—Está detenido.

—¿Y eso le sorprende? Ganimard, inspector principal, detiene al malvado Lupin, en nombre de la ley de la que es su más fiel ejecutor. Un momento histórico y usted comprende toda su importancia. Es la segunda vez. Bravo, Ganimard, llegará muy lejos en su carrera. —Ofreció los puños para las esposas. Lo esposaron con cierta solemnidad. Los hombres, pese a su brusquedad habitual y el áspero resentimiento contra Lupin, actuaban con reserva, sorprendidos de poder tocar a ese ser intangible—. Pobre Lupin —suspiró el detenido—. ¿Qué dirían tus amigos de las altas esferas si te vieran humillado de esta manera? —Separó los puños con un esfuerzo progresivo y continuo de todos los músculos. Se le inflamaron las venas de la frente. Los eslabones de la cadena se le clavaron en la piel—. Vamos —dijo. Y la cadena saltó, rota—. ¿Tienen otra, compañeros?, esta no vale nada. —Le pusieron dos. Y él estuvo de acuerdo—: ¡Mucho mejor! Nunca son demasiadas precauciones. —Luego, contó a los agentes—: Amigos, ¿cuántos son ustedes? ¿Veinticinco? ¿Treinta? Son muchos. Nada que hacer. ¡Ay, si solo hubieran sido quince! —Francamente, tenía estilo, el estilo de un gran actor que interpreta con talento y labia, impertinente e insensato. Sholmès lo miraba, como quien mira un buen espectáculo del que sabe apreciar toda la belleza y todos los matices. Y realmente tuvo la extraña sensación de que la lucha entre los treinta hombres por un lado, apoyados por todo el aparato formidable de la justicia, y por otro ese ser solo, sin armas y encadenado, era equitativa. Los dos bandos estaban al mismo nivel—. Bueno, maestro —dijo Lupin—, esto es obra suya. Por su culpa, Lupin va a pudrirse en la paja húmeda de las mazmorras. ¿Reconoce que no tiene la conciencia completamente tranquila y que le corroe el remordimiento? —Aun a su pesar, el inglés se encogió de hombros como diciendo: «Solo dependía de usted»—. ¡Jamás! ¡Jamás! —protestó Lupin—. ¿Entregarle el diamante azul? No, me costó demasiado esfuerzo. Lo aprecio mucho. En la primera visita que tenga el honor de hacerle en Londres, probablemente el próximo mes, le diré por qué. ¿Estará usted en Londres el mes que viene? ¿Prefiere Viena o San Petersburgo?

Lupin se sobresaltó. De pronto, en el techo sonó un timbre. Y no era el de alarma, sino el del teléfono, cuyos cables desembocaban en su despacho, entre las dos ventanas, y no se habían llevado el aparato.

¡El teléfono! ¿Quién caería en la trampa que una abominable casualidad tendía? Arsène Lupin hizo un gesto de rabia hacia el teléfono, como si quisiera romperlo, hacerlo migas y, a la vez, ahogar la voz misteriosa que pretendía hablar con él. Pero Ganimard lo descolgó y se inclinó.

—Diga... Diga... ¿El número 64873? Sí, aquí es.

Rápidamente, Sholmès lo apartó con autoridad, cogió los dos elementos y colocó un pañuelo en el emisor para disimular la voz.

En ese momento, miró a Lupin. Y por la mirada que intercambiaron comprendió que los dos pensaron lo mismo y que los dos preveían hasta las últimas consecuencias de la hipótesis posible, probable, casi segura: la mujer rubia estaba al teléfono. Creía llamar a Félix Davey o, mejor dicho, a Maxime Bermond, ¡pero iba a hablar con Sholmès!

—¡Diga! ¡Diga!—gritó el inglés. Un silencio y Sholmès asintió—: Sí, soy yo, Maxime. —Inmediatamente el drama se dibujó con una precisión trágica. Lupin, el inquebrantable y socarrón Lupin, intentaba escuchar, adivinar, sin preocuparse por ocultar su ansiedad y pálido de angustia. Sholmès respondía a la voz misteriosa—: Hola... Hola... Claro, ya ha terminado todo, precisamente ahora iba a buscarte, como habíamos quedado. ¿Dónde? ¿Dónde estás? No, ahí no. —Titubeaba buscando las palabras y luego se calló. Estaba claro que hacía lo posible por interrogar a la mujer sin comprometerse y que no sabía dónde estaba. Además, la presencia de Ganimard parecía molestarlo. ¡Ay, si algún milagro pudiera interrumpir esa conversación diabólica! Lupin la llamaba con todas sus fuerzas, con todos los nervios en tensión. Y Sholmès continuó hablando—: ¿¡Hola!? ¿¡Hola!? ¿No me oyes? Yo tampoco, muy mal, casi no te entiendo. ¿Me oyes? Bueno, pensándolo bien, será mejor que regreses a tu casa. ¿Peligro? Ninguno. ¡Está en Inglaterra! Recibí un telegrama de Southampton confirmándome su llegada. —¡Qué ironía! Sholmès pronunció la frase con un bienestar inexplicable. E insistió—: Querida amiga, no perdamos más tiempo, voy a buscarte. —Luego colgó—. Señor Ganimard. Le pediría tres hombres.

—Para la mujer rubia, ¿verdad?

—Sí.

—¿Sabe quién es y dónde está?

—Sí.

—¡Por Dios! Buena pieza. Con Lupin el día está completo. Folenfant, tome dos hombres y acompañe al señor Sholmès.

El inglés se alejó con tres agentes siguiéndolo.

Se había terminado. También la mujer rubia caería en manos de Sholmès. Gracias a su admirable constancia y a la complicidad de unos felices acontecimientos, la batalla terminaba con una victoria para él y un desastre irreparable para Lupin.

—¡Señor Sholmès!

El inglés se detuvo.

—¿Señor Lupin?

Parecía que la última jugada había quebrantado profundamente a Lupin. Unas arrugas le marcaban la frente. Estaba cansado y hundido. Pero se incorporó con un arranque de energía. Y pese a todo, alegre y desenfadado, dijo:

—Estará de acuerdo en que la suerte se ensaña conmigo. Hace un rato me impide escaparme por la chimenea y me deja expuesto a usted. Ahora, utiliza el teléfono para ponerle en bandeja a la mujer rubia. Me rindo a sus órdenes.

—¿Y eso qué significa?

—Que estoy dispuesto a reabrir las negociaciones.

Sholmès se llevó aparte al inspector y le pidió autorización para hablar con Lupin, pero con una actitud que no admitía réplica. Luego volvió junto a él. ¡Última negociación! La inició con tono seco y nervioso:

—¿Qué quiere?

—La libertad de la señorita Destange.

—¿Conoce el precio?

—Sí.

—¿Y lo acepta?

—Acepto todas sus condiciones.

—¡Ah! —dijo el inglés sorprendido—. Pero las rechazó para usted.

—Hablábamos de mí, señor Sholmès. Ahora se trata de una mujer y de la mujer que amo. En Francia, créame, tenemos una concepción muy particular de las cosas. Y, aunque uno se llame Lupin, no actúa de otra manera. ¡Al contrario!

Lo dijo muy tranquilo. Sholmès inclinó imperceptiblemente la cabeza.

—¿Y el diamante azul? —susurró.

—Coja mi bastón, allí, en el rincón de la chimenea. Apriete el puño con una mano y con la otra gire la virola de hierro del extremo opuesto del bastón.

Sholmès cogió el bastón y giró la virola, al girarla, vio que el puño se separaba. Dentro había una bola de almáciga. Y en la bola, un diamante.

Lo examinó. Era el diamante azul.

—Señor Lupin, la señorita Destange es libre.

—¿Libre ahora y para siempre? ¿No tiene nada que temer de usted?

—Ni de nadie.

—¿Pase lo que pase?

—Pase lo que pase. Ya no conozco su nombre ni su dirección.

—Gracias. Y hasta la vista. Porque volveremos a vernos, ¿no cree, señor Sholmès?

—No lo dudo. —El inglés y Ganimard mantuvieron una charla bastante acalorada, pero Sholmès la cortó en seco con cierta aspereza—. Lamentablemente, señor Ganimard, no comparto su opinión. Pero no tengo tiempo para convencerlo. Dentro de una hora, viajo a Inglaterra.

—Pero ¿y la mujer rubia?

—No la conozco.

—Hace un momento...

—Lo toma o lo deja. Le he entregado a Lupin. Aquí está el diamante azul y usted sentirá la satisfacción de devolverlo a la condesa de Crozon. Me parece que no tiene motivos para quejarse.

—¿Y la mujer rubia?

—Encuéntrela.

Se puso el sombrero y se fue rápidamente; Sholmès es una persona que no pierde el tiempo cuando ha terminado sus asuntos.

—Buen viaje, maestro —gritó Lupin—. Y esté seguro de que nunca olvidaré la relación cordial que hemos mantenido. Saludos a Wilson. —Al no obtener respuesta, comentó riendo sarcásticamente—: A eso se llama despedirse a la francesa. ¡Ay! Este digno isleño carece de la elegante cortesía que destaca en nosotros. Piense un poco, Ganimard: si un francés se hubiera marchado en las mismas circunstancias, ¡habría disimulado su triunfo con exquisita educación! Pero, Dios me perdone, Ganimard, ¿qué hace? ¡Ah, un registro! Amigo mío, ya no queda nada, ni un papel. Mis archivos están a buen recaudo.

—¿Quién sabe? ¿Quién sabe?

Lupin se resignó. Mientras asistía con paciencia a las diversas actuaciones, dos inspectores lo sujetaban y el resto lo rodeaba. Pero, veinte minutos después, suspiró:

—Rápido, Ganimard, no acaban con esto.

—¿Tiene prisa?

—¡Sí, tengo prisa! ¡Una cita urgente!

—¿En los calabozos del Palacio de Justicia?

—No, en el centro.

—¡Bah! ¿A qué hora?

—A las dos.

—Son las tres.

—Precisamente por eso, llegaré tarde, y retrasarme es lo que más detesto.

—¿Me da cinco minutos?

—Ni uno más.

—Muy amable, intentaré...

—No hable tanto. ¿También ese armario? ¡Está vacío!

—Pues aquí hay unas cartas.

—Facturas antiguas.

—No, un paquete atado con una cinta.

—¿Una cinta rosa? ¡Ay, Ganimard! Por el amor de Dios, no lo desate.

—¿Son de una mujer?

—Sí.

—¿Una mujer de alta categoría?

—De la más alta.

—¿Su nombre?

—Señora Ganimard.

—¡Muy gracioso! ¡Muy gracioso! —dijo el inspector Ganimard con tono disgustado.

En ese momento, los hombres que registraban las otras habitaciones dijeron que no habían encontrado nada. Lupin se echó a reír.

—¡Pues claro! ¿Qué esperaban encontrar? ¿La lista de mis compañeros o las pruebas de mi relación con el emperador de Alemania? Ganimard, lo que tendrían que buscar son los secretillos del piso. Esta tubería de gas es una tubería acústica. La chimenea tiene una escalera. En esa pared hay un túnel. ¡Y la maraña de timbres! Mire, Ganimard, apriete ese botón —Ganimard obedeció—. ¿No oye nada? —le preguntó Lupin.

—No.

—Yo tampoco. Pero ha indicado al comandante de mi parque aerostático que prepare el dirigible que pronto nos levantará por los aires.

—Vamos —dijo Ganimard, que ya había terminado el registro—. Ya basta de tonterías. ¡En marcha! —Empezó a andar y sus hombres lo siguieron. Lupin no movió un dedo. Los guardias lo empujaron. Inútil—. Bueno —protestó Ganimard—, ¿se niega a andar?

—En absoluto.

—Entonces...

—Depende.

—¿De qué?

—De adónde me lleven.

—A los calabozos del Palacio de Justicia, por supuesto.

—Pues no me moveré. A mí no se me ha perdido nada en un calabozo.

—¿Está usted loco?

—¿Con lo amable que he sido al avisarle de que tenía una cita urgente?

—¡Lupin!

—Ganimard, la mujer rubia me espera, ¿y no pensará usted que soy tan grosero como para preocuparla? Sería indigno de un caballero.

—Escuche, Lupin —dijo Ganimard al que la broma ya empezaba a irritar—. Hasta ahora me he mostrado muy comprensivo. Pero todo tiene un límite. Sígame.

—Imposible. Tengo una cita y acudiré a esa cita.

—Por última vez.

—Im-po-si-ble.

Ganimard hizo una señal. Dos hombres levantaron a Lupin por los brazos. Pero lo soltaron de inmediato, quejándose de dolor. Lupin les había clavado dos agujas largas con las dos manos.

Los demás se precipitaron locos de rabia, por fin daban rienda suelta a su odio, deseando vengar a sus compañeros y vengarse ellos mismos de tanta humillación: lo golpearon y lo empujaron sin parar. Un golpe más fuerte le alcanzó en la sien. Lupin cayó al suelo.

—Si lo dejan magullado, tendrán que vérselas conmigo —los reprendió Ganimard furioso. Se agachó, dispuesto a atenderlo. Pero, cuando comprobó que respiraba con regularidad, ordenó que lo agarrasen por los pies y la cabeza y él le sujetó la espalda—. Vamos, ¡sobre todo con cuidado! Sin sacudidas. ¡Ay! Animales, casi lo matan. Eh, Lupin, ¿cómo está?

Lupin abrió los ojos.

—No muy bien, Ganimard... Ha permitido que me molieran a palos —balbuceó.

—Por su culpa, ¡maldita sea! Por su terquedad —respondió Ganimard muy apenado—. ¿Le duele algo?

Cuando llegaron al rellano, Lupin dijo, gimoteando:

—Ganimard, el ascensor. Van a romperme los huesos.

—Buena idea, excelente idea —asintió Ganimard—. Además, la escalera es muy estrecha, no habrá forma. —Llamó al ascensor. Colocó a Lupin en el asiento con toda clase de precauciones. Se puso junto a él y dijo a sus hombres—: Bajen a la vez que nosotros. Y espérennos delante de la portería. ¿De acuerdo? —Cerró la puerta. En cuanto estuvo cerrada se oyeron unos gritos. El ascensor se levantaba de un salto, como un globo al que le hubieran cortado la cuerda. Retumbó una carcajada sardónica—. ¡En el nombre de D.! —chilló Ganimard buscando frenéticamente en la oscuridad el botón de bajada. Y como no lo encontraba gritó—: ¡El quinto! Vigilen la puerta del quinto.

Los agentes subieron los peldaños de la escalera de cuatro en cuatro. Pero se produjo un hecho extraño: fue como si el ascensor reventara el techo de la quinta planta, la última con ascensor, desapareció delante de las narices de los agentes, volvió a aparecer de repente en la planta superior, la del servicio, y se detuvo. Tres hombres al acecho abrieron la puerta. Dos sometieron a Ganimard que, inmovilizado y aturdido, solo pensaba en defenderse. El tercero se llevó a Lupin.

—Ganimard, le había avisado. Una retirada en dirigible. ¡Gracias a usted! En otra ocasión, sea menos compasivo. Y, sobre todo, recuerde que Arsène Lupin no permite que le peguen y lo maltraten sin algún motivo importante. Adiós.

La cabina ya estaba cerrada otra vez y el ascensor vuelto a enviar a las plantas inferiores con Ganimard dentro. Todo ocurrió tan rápido que el viejo policía alcanzó a los agentes cerca de la portería.

Sin siquiera ponerse de acuerdo, atravesaron el patio a toda prisa y subieron la escalera de servicio, el único modo de llegar a la planta de los criados, por donde había huido Lupin.

Un pasillo largo, con varios recodos y habitaciones numeradas a los lados, conducía a una puerta, que solo estaba empujada. Al otro lado de la puerta, por lo tanto, en otro edificio, salía otro pasillo, también con recodos y habitaciones parecidas. Al final, otra escalera de servicio. Ganimard la bajó, cruzó el patio, el portal y se lanzó a la calle, la calle Picot. Entonces lo entendió: los dos edificios, construidos en profundidad, estaban pegados por detrás y sus fachadas daban a dos calles paralelas, no perpendiculares, a más de sesenta metros de distancia.

Entró en la portería y enseñó la placa.

—¿Acaban de pasar cuatro hombres por aquí?

—Sí, los criados del cuarto y el quinto y dos amigos.

—¿Quién vive en el cuarto y en el quinto?

—Los señores Fauvel y sus primos, los Provost. Hoy se han mudado. Solo quedaban esos dos criados. Acaban de marcharse.

«¡Ay! —pensó, Ganimard, que se derrumbó en un sillón de la portería—. ¡Qué golpe hemos fallado! Toda la banda vivía en esta manzana.»

Cuarenta minutos más tarde, dos señores llegaban en coche a la estación del Norte y se apresuraban hacia el rápido de Calais, los seguía un maletero con sus equipajes.

Uno llevaba el brazo en cabestrillo y, por su palidez, no tenía pinta de estar muy sano. El otro parecía feliz.

—Rápido, Wilson, no vayamos a perder el tren. ¡Ay! Wilson, nunca olvidaré estos diez días.

—Yo tampoco.

—¡Ah! ¡Las buenas batallas!

—Extraordinarias.

—Apenas algún pequeño contratiempo esporádico...

—Muy pequeño.

—Y, al final, el triunfo completo. ¡Lupin detenido! ¡El diamante azul recuperado!

—Y mi brazo roto.

—¡Qué importa un brazo roto frente a tanta satisfacción!

—Sobre todo el mío.

—Sí, Wilson, recuerde que en el preciso momento en que usted estaba en la farmacia, sufriendo como un héroe, yo descubrí el hilo que me guio en la oscuridad.

—¡Qué feliz coincidencia!

Se cerraban las puertas.

—Al tren, por favor. Dense prisa, señores.

El maletero subió los escalones de un compartimento vacío y colocó el equipaje en la red, mientras Sholmès levantaba al desgraciado de Wilson.

—Pero ¿qué le pasa, Wilson? ¡No acaba de subir! Ánimo, viejo amigo.

—Ánimo no me falta.

—Entonces, ¿qué?

—Solo tengo una mano.

—¡Y qué! —respondió Sholmès, alegremente—. Eso son cuentos. ¡Parece que solo usted se hubiera roto un brazo! ¿Y los mancos? ¿Y los mancos de verdad? Vamos, ¿ya está?, no es para tanto. —Le dio al maletero una moneda de cincuenta céntimos—. Tenga, amigo, esto es para usted.

—Gracias, señor Sholmès.

El inglés lo miró: Arsène Lupin.

—¡Usted! ¡Usted! —balbuceó desconcertado.

Y Wilson, mientras levantaba su única mano haciendo esos gestos que señalan un hecho, farfulló:

—¡Usted! ¡Usted! ¡Pero usted está detenido! Me lo dijo Sholmès. Cuando él se fue Ganimard y sus treinta agentes lo rodeaban.

Lupin se cruzó de brazos y con aire indignado dijo:

—¿Pero se han imaginado que los dejaría marchar sin despedirme? ¡Después de la excelente amistad que siempre ha habido entre nosotros! Sería la peor incorrección. ¿Por quién me toman? —El tren silbaba—. Bueno, les perdono. ¿Tienen todo lo necesario? Tabaco, cerillas... Sí. ¿Y los periódicos de la tarde? Ahí leerán los detalles de mi detención, su última hazaña, maestro. Y, ahora, hasta la vista, encantado de haberlos conocido. ¡Francamente, encantado! Si me necesitan, me encantaría... —Saltó al andén y cerró la puerta—. Adiós —dijo otra vez, mientras agitaba un pañuelo—. Adiós. Les escribiré. Ustedes también, ¿no? Señor Wilson, ¿y su brazo roto? Espero noticias de los dos. Una postal de vez en cuando. Mi dirección: Lupin, París. Con eso bastará, no hace falta franqueo. Adiós. Hasta pronto.

SEGUNDA PARTE

<hr />

LA LÁMPARA JUDÍA

I

Herlock Sholmès y Wilson estaban sentados a derecha e izquierda de una gran chimenea, con los pies estirados hacia un agradable fuego de coque. La pipa de Sholmès, una corta de brezo con virola de plata, se apagó. Vació la ceniza, la llenó otra vez, la encendió, recogió los faldones de la bata en las piernas y dio largas bocanadas a la pipa, que se ingeniaba para lanzar al techo en volutas de humo.

Wilson lo miraba. Lo miraba como un perro acurrucado en la alfombra mira a su amo, con los ojos muy abiertos, sin pestañear, con unos ojos cuya única esperanza es reflejar el gesto que ansían. ¿Rompería el maestro su silencio? ¿Le revelaría sus pensamientos secretos y lo admitiría en el reino de la meditación que parecía prohibido para él?

Sholmès seguía en silencio.

Wilson se arriesgó:

—Qué época más tranquila. Ni un caso al que hincarle el diente. —El silencio de Sholmès era cada vez más intenso y las volutas de humo, cada vez más logradas. Cualquier otro que no fuera Wilson habría observado que Sholmès extraía de esas espirales la profunda satisfacción que nos dan los pequeños triunfos de amor propio, cuando el cerebro está completamente vacío. Wilson, desanimado, se acercó a la ventana. La calle se extendía triste entre las fachadas lúgubres bajo un cielo negro, de donde caía una lluvia cruel y rabiosa. Pasó un *cab,* y otro. Wilson se apuntó los números en su libreta, por si acaso—. ¡Vaya, el cartero! —exclamó.

El hombre entró con el criado.

—Señor, dos cartas certificadas. ¿Es tan amable de firmar?

Sholmès firmó el resguardo, acompañó al cartero hasta la puerta y volvió abriendo una de las cartas.

—Parece muy contentó —señaló Wilson al momento.

—Esta carta nos trae una propuesta muy interesante. ¿No reclamaba un caso? Aquí lo tiene. Lea:

> Señor:
>
> Acudo a usted para pedir la ayuda de su experiencia. He sido víctima de un robo importante y las investigaciones realizadas hasta ahora no parecen tener éxito.
>
> Con esta carta le envío algunos periódicos que le proporcionarán información sobre el caso y, si acepta investigarlo, pongo a su disposición mi palacete y le ruego que escriba en el cheque adjunto, que ya he firmado, la cantidad que considere por los gastos de desplazamiento.
>
> Tenga la amabilidad de enviarme un telegrama con su respuesta.
>
> Reciba un cordial saludo.
> Barón Victor d'Imblevalle
> Calle Murillo, 18

—Je, je —dijo Sholmès—. Pinta de maravilla. Un viajecito a París, por supuesto, ¿por qué no? Desde el famoso duelo con Arsène Lupin no he tenido la oportunidad de volver. No me importaría ver la capital del mundo con un poco más de tranquilidad. Rompió el cheque en cuatro y abrió el segundo sobre, al tiempo que Wilson soltaba improperios contra París, con el brazo aún sin la agilidad de antes.

Inmediatamente, a Sholmès se le escapó un gesto de irritación y mientras leía se le dibujó un pliegue en la frente, arrugó el papel, lo hizo una bola y lo tiró violentamente al suelo.

—¿Qué? ¡¿Qué ocurre?! —gritó Wilson, asustado.

Recogió la bola de papel, la abrió y leyó cada vez más sorprendido.

> Querido maestro:
>
> Sabe cuánto le admiro y me intereso por su prestigio. Pues bien, créame, no acepte el caso que le han propuesto. Su participación provocará mucho daño, todos sus esfuerzos solo acarrearán un resultado patético y se verá obligado a reconocer públicamente su fracaso.
>
> Deseo profundamente evitarle esa humillación, le ruego, en nombre de la amistad que nos unió, que se quede tranquilo junto a la chimenea.
>
> Recuerdos a Wilson y, a usted, querido maestro, le presento todos mis respetos.
>
> Arsène Lupin

—¡Arsène Lupin! —repitió Wilson, desconcertado.

Sholmès se puso a dar puñetazos en la mesa.

—¡Ay! Este animal empieza a fastidiarme. ¡Se burla de mí como de un crío! ¡Reconocer públicamente mi fracaso! ¿No le obligué yo a devolverme el diamante azul?

—Tiene miedo —insinuó Wilson.

—¡Qué tonterías dice! Arsène Lupin nunca tiene miedo y la prueba es que me está provocando.

—Pero ¿cómo ha sabido que el barón d'Imblevalle nos ha escrito?

—¿Y yo qué sé? Esa pregunta es una estupidez, amigo.

—Pensaba, creía...

—¿Qué? ¿Que soy adivino?

—No, ¡pero le he visto hacer tantos prodigios!

—Nadie hace prodigios, y yo tampoco. Yo pienso, deduzco y concluyo, pero no adivino. Solo los imbéciles adivinan.

Wilson adquirió la actitud humilde de un perro apaleado y se esforzó para no ser un imbécil y no adivinar por qué Sholmès recorría la habitación a zancadas, muy enfadado. Pero cuando Sholmès llamó al criado y le pidió su maleta, Wilson creyó estar en su derecho de pensar, deducir y concluir que el maestro se iba de viaje, porque ya había un acto material.

La misma operación mental le permitió afirmar, como quien no tiene miedo a equivocarse:

—Herlock, usted va a París.

—Es posible.

—Y usted va a París para responder a la provocación de Lupin más que para complacer al barón d'Imblevalle.

—Es posible.

—Herlock, lo acompaño.

—¡Ah, ah!, viejo amigo —dijo, deteniéndose—, ¿y no tiene miedo de que su brazo izquierdo corra la misma suerte que el derecho?

—¿Qué podría pasarme? Usted estará conmigo.

—¡Enhorabuena, es todo un valiente! Vamos a demostrarle a ese señor que quizá se haya equivocado al arrojarnos el guante con tanta insolencia. Rápido, Wilson, nos vemos en el primer tren.

—¿Sin esperar los periódicos que le envía el barón?

—¿Para qué?

—¿Le mando un telegrama?

—Es inútil, Arsène Lupin se enterará de que voy. No me apetece. Esta vez, Wilson, hay que jugar sobre seguro.

Por la tarde, los dos amigos embarcaron en Dover. La travesía fue excelente. En el rápido Calais-París, Sholmès se regaló tres horas de un sueño profundo, mientras Wilson vigilaba la puerta del compartimento y meditaba con la mirada perdida.

Sholmès se despertó feliz y en forma. La perspectiva de otro duelo con Arsène Lupin le encantaba, se frotaba las manos con ese aire satisfecho de alguien que se prepara para disfrutar de abundantes alegrías.

—¡Por fin vamos a desentumecernos! —dijo Wilson. Y se frotó las manos con el mismo aire satisfecho.

En la estación, Sholmès cogió la manta de viaje, Wilson lo seguía cargando el equipaje —cada palo que aguante su vela—, el primero entregó los billetes y salió muy contento.

—Qué buen tiempo, Wilson. ¡Brilla el sol! París se viste de fiesta para recibirnos.

—¡Qué gentío!

—Mucho mejor, Wilson, así pasaremos desapercibidos. Nadie nos reconocerá en medio de esta multitud.

—¿El señor Sholmès? —Herlock se detuvo un poco confundido. ¿Quién diablos lo llamaba por su nombre? A su lado había una mujer joven, vestida con una ropa muy sencilla que destacaba su figura elegante, y muy guapa, aunque tenía una expresión preocupada y triste—. ¿Es usted el señor Sholmès? —repitió. Como el inglés seguía callado por el desconcierto y por su precaución habitual, la mujer insistió por tercera vez—: ¿Tengo el honor de hablar con el señor Sholmès?

—¿Qué quiere usted? —respondió bastante huraño, creyendo improbable un encuentro fortuito.

La mujer se plantó delante de él.

—Escúcheme bien, señor, esto es muy serio, sé que usted se dirige a la calle Murillo.

—¿Qué dice?

—Lo sé, lo sé... A la calle Murillo, al número 18. Pues no debe... No, no debe ir allí. Le aseguro que lo lamentará. No crea que se lo digo interesadamente. Lo digo con motivos y pleno conocimiento. —Sholmès intentó apartarla, pero ella insistió—: ¡Ay! Se lo ruego, no se obstine en ir. ¡Si supiera cómo convencerlo! Mire en mi interior, en la profundidad de mis ojos. Son sinceros, dicen la verdad.

Y le enseñaba los ojos desesperadamente, esos ojos bonitos, serios y límpidos, donde parece reflejarse el alma.

—La señorita tiene un aire muy sincero —apuntó Wilson mientras asentía con la cabeza.

—Claro que sí, y tienen que confiar —imploró la mujer.

—Yo confío, señorita —respondió Wilson.

—¡Ay! Qué feliz soy. Y su amigo también, ¿verdad? ¡Lo noto, estoy segura! ¡Qué alegría! ¡Todo se solucionará! ¡Qué buena idea tuve! Mire, señor, hay un tren a Calais dentro de veinte minutos. Bien, lo tomarán. Rápido, síganme. El camino es de este lado, y solo tienen tiempo...

La mujer intentaba arrastrar a Sholmès. El policía la sujetó del brazo y con un tono que pretendía ser lo más suave posible soltó:

—Señorita, perdone que no pueda complacerla, pero cuando empiezo una tarea siempre la termino.

—Se lo suplico. Se lo suplico. ¡Si pudiera explicarle!

Sholmès la ignoró y se alejó rápidamente.

—Conserve la esperanza. Mi amigo irá hasta el fondo del asunto. Aún no hay un caso en el que haya fracasado —subrayó Wilson a la mujer.

Y alcanzó a Sholmès corriendo.

En cuando echaron a andar, se toparon con estas palabras, que destacaban en mayúsculas negras:

HERLOCK SHOLMÈS – ARSÈNE LUPIN.

Se acercaron. Varios hombres-anuncio deambulaban uno detrás de otro, golpeando la acera al compás con unos bastones muy pesados, guarnecidos de hierro y unos enormes carteles a la espalda en los que podía leerse:

EL PARTIDO HERLOCK SHOLMÈS – ARSÈNE LUPIN.
LA LLEGADA DEL CAMPEÓN INGLÉS.
EL GRAN DETECTIVE ATACA EL MISTERIO DE LA CALLE MURILLO.
LEAN LOS DETALLES EN *L'ÉCHO DE FRANCE*.

Wilson cabeceó.

—Vaya, Herlock, ¡y nosotros que presumíamos de trabajar de incógnito! No me sorprendería que la guardia republicana nos esperase en la calle Murillo ni que hubiera una recepción oficial con canapés y champán.

—Wilson, cuando se pone ingenioso vale por dos —respondió Sholmès rechinando los dientes. Se acercó a uno de los hombres con la firme intención de echarle sus potentes manos encima y hacerlo picadillo, a él y a su anuncio. Pero el gentío se apiñó alrededor de los carteles. Todo el mundo bromeaba y reía—. ¿Cuándo los contrataron? —preguntó el detective al hombre, reprimiendo un furioso ataque de rabia.

—Esta mañana.

—¿Y cuándo empezaron el paseo?

—Hace una hora.

—¿Los carteles estaban preparados?

—Sí. Cuando llegamos a la agencia por la mañana ya estaban allí.

Así que Arsène Lupin había previsto que Sholmès aceptaría la batalla. Además, la carta demostraba que Lupin deseaba esa batalla y que planeaba medirse otra vez con su enemigo. ¿Por qué? ¿Qué lo empujaba a reanudar la lucha?

Herlock dudó un instante. Lupin tenía que estar muy seguro de su victoria para comportarse de un modo así de insolente: ¿sería caer en la trampa acudir a la primera llamada?

—Vamos, Wilson. ¡Cochero, a la calle Murillo, 18! —gritó volviendo a la realidad con energía.

Y saltó al coche con las venas hinchadas y los puños apretados como si fuera a disputar un asalto de boxeo.

A lo largo de la calle Murillo se extienden unos palacetes fastuosos con vistas al parque Monceau desde la fachada trasera. Uno de los más bonitos se levanta en el número 18. Ahí vive el barón d'Imblevalle con su mujer y sus hijas, un gran artista y millonario, que había amueblado su casa espléndidamente. Delante del palacete hay un patio de honor, y a derecha e izquierda lo bordean las dependencias del servicio. En la parte trasera, los árboles del jardín mezclan las ramas con las de los árboles del parque.

Después de llamar al timbre, los dos ingleses atravesaron el patio y los recibió un mayordomo, que los acompañó a un saloncito situado en la otra fachada.

Se sentaron y echaron un vistazo rápido a los valiosos objetos que se amontonaban en la salita.

—Qué bonitas piezas —murmuró Wilson—. Gusto e imaginación. Puede deducirse que unas personas con tiempo para descubrir estos objetos tienen cierta edad. Unos cincuenta años, quizá.

No terminó la frase. Se había abierto la puerta y entraba el señor d'Imblevalle con su mujer.

Al contrario de lo que Wilson había deducido, los dos eran jóvenes, elegantes, de aspecto y conversación muy vitales. Ambos se deshicieron en agradecimientos.

—¡Es usted muy amable! ¡Cuántas molestias! Casi nos alegramos de este percance, porque nos ha proporcionado el gusto... —«Qué encantadores son estos franceses», pensó Wilson, al que no amedrentaban las observaciones profundas—. Pero el tiempo es oro —afirmó el barón—, sobre todo el suyo, señor Sholmès. Vamos directos al grano. ¿Qué piensa del caso? ¿Confía en tener éxito?

—Para tener éxito, primero debería conocerlo.

—¿No lo conoce?

—No, y le ruego que me explique el asunto detalladamente, sin omitir nada. ¿De qué se trata?

—De un robo.

—¿Qué día ocurrió?

—El pasado sábado —respondió el barón—. La noche del sábado al domingo.

—Así que hace seis días. Ahora, lo escucho.

—Primero tengo que decirle que mi mujer y yo, aunque nos adaptamos a la vida que exige nuestra posición, salimos poco. La educación de nuestras hijas, alguna fiesta y el enriquecimiento interior, esa es nuestra vida; prácticamente todas las veladas las pasamos aquí, en esta salita de mi mujer, donde hemos reunido algunas piezas de arte. El sábado pasado, apagué la luz hacia las once y mi mujer y yo nos retiramos a nuestra habitación como de costumbre.

—¿Que está...?

—Ahí al lado, esa puerta que ven. Al día siguiente, es decir, el domingo, me levanté temprano. Como Suzanne, mi mujer, seguía dormida, pasé al saloncito sin hacer ruido para no despertarla. Pero me sorprendió mucho ver la ventana abierta, porque la noche anterior la habíamos dejado cerrada.

—Un criado.

—Nadie entra por las mañanas hasta que llamamos al servicio. Además, siempre tomo la precaución de echar el cerrojo de esa otra puerta, que comunica con la antesala. Así que tenían que haber abierto la ventana desde fuera. Y encontré la prueba: el segundo cristal del batiente de la derecha, cerca de la falleba, estaba cortado.

—¿Y la ventana?

—La ventana, como puede comprobar, da a una terracita con una balaustrada de piedra. Estamos en la primera planta, ahí ve el jardín trasero del palacete y la verja que lo separa del parque Monceau. Hay evidencias de que el hombre entró por el parque Monceau, saltó la verja, con una escalera y subió a la terraza.

—¿Hay evidencias, dice usted?

—Hemos encontrado dos agujeros de los montantes de una escalera en la tierra blanda de los arriates, a ambos lados de la verja y otros dos debajo de la terraza. Por último, la balaustrada tiene rozaduras claras de los montantes.

—¿No está cerrado el parque Monceau por la noche?

—No; de todas formas, en el número 14 hay un palacete en obras. Es fácil entrar por ahí.

Herlock Sholmès se quedó pensativo un rato y luego reanudó la conversación:

—Lleguemos al robo. ¿Se cometió en esta habitación?

—Sí. Entre esta virgen del siglo XII y este tabernáculo de plata labrada, había una lamparita judía. Ha desaparecido.

—¿Y nada más?

—Nada más.

—¡Ah! ¿A qué llama usted una lámpara judía?

—Son esas lámparas de cobre que se utilizaban antiguamente, con una varilla y un recipiente donde se ponía el aceite. Del recipiente salían dos o varias boquillas para las mechas.

—En resumidas cuentas, objetos sin gran valor.

—Efectivamente, sin gran valor. Pero esta tenía un escondrijo donde solíamos guardar una joya antigua, una quimera de oro con rubíes y esmeraldas engarzados, de un precio muy alto.

—¿Y por qué solían esconderla?

—Pues no sabría decirle, señor. Quizá por la simple diversión de utilizar el escondrijo.

—¿Nadie lo conocía?

—Nadie.

—Excepto, evidentemente, el ladrón de la quimera —apostilló Herlock Sholmès—. De lo contrario, no se habría tomado la molestia de robar la lámpara judía.

—Evidentemente. Pero ¿cómo pudo saberlo? Nosotros descubrimos el mecanismo secreto de la lámpara por casualidad.

—También alguien pudo descubrirlo por casualidad, un criado, un familiar... Pero continuemos: ¿avisaron a la justicia?

—Por supuesto. El juez de instrucción hizo sus pesquisas y los periodistas de investigación de todos los diarios más importantes, las suyas. Pero, como le escribí, no parece que haya ninguna posibilidad de resolver el problema.

Sholmès se levantó, se acercó a la ventana, examinó el batiente, la terraza y la balaustrada, utilizó la lupa para estudiar las dos rozaduras de la piedra y pidió al señor d'Imblevalle que lo llevara al jardín.

Fuera, simplemente se sentó en un sillón de mimbre y miró al tejado de la casa con expresión perpleja. De pronto, se acercó a las dos cajitas de madera con las que habían cubierto los agujeros de los montantes debajo de la terraza, para conservar las huellas intactas. Levantó las cajitas, se arrodilló, examinó y midió los agujeros con la espalda encorvada y la nariz a veinte centímetros del suelo. Hizo lo mismo junto a la verja, pero tardó menos.

Ya había terminado.

Los dos regresaron al saloncito donde los esperaba la señora d'Imblevalle.

Sholmès se quedó callado unos minutos y luego dijo:

—Desde el principio de su relato, señor barón, me ha sorprendido el lado demasiado sencillo del robo. Utilizar una escalera, cortar un cristal, elegir un objeto y marcharse, no, las cosas no pasan así de fácil. Todo está demasiado claro, demasiado limpio.

—¿Así que...?

—Así que Arsène Lupin dirigió el robo.

—¡Arsène Lupin! —exclamó el barón.

—Pero él se mantuvo al margen, el robo se cometió sin que nadie entrara en el palacete. Quizá un criado bajó de la buhardilla a la terraza por un canalón que he visto en el jardín.

—¿Y qué pruebas tiene?

—Arsène Lupin no habría salido del saloncito con las manos vacías.

—¡Las manos vacías! ¿Y la lámpara?

—Llevarse la lámpara no le habría impedido llevarse esta pitillera con diamantes o este collar de ópalos antiguos. Le bastaban dos movimientos más. Si no los hizo es porque no los vio.

—¿Y las huellas que descubrimos?

—¡Puro teatro! ¡Una puesta en escena para desviar las sospechas!

—¿Los arañazos de la balaustrada?

—¡Un engaño! Los hicieron con papel de lija. Mire, aquí tiene unas briznas del papel que recogí.

—¿Y las marcas de los montantes?

—¡Una broma! Examine usted los dos agujeros rectangulares de debajo de la terraza y los de la verja. Tienen la misma forma, pero unos son paralelos y los otros, no. Mida la distancia que hay entre cada par de agujeros, la separación varía según el lugar. Al pie de la terraza es de 23 centímetros. La de la verja, de 28.

—¿Y qué deduce?

—Deduzco que, como los cuatro agujeros son idénticos, los hicieron con un solo y único trozo de madera del tamaño adecuado.

—El mejor argumento sería ese trozo de madera.

—Aquí está —dijo Sholmès—, lo encontré en el jardín, debajo de la caja de un laurel.

El barón se rindió. Hacía cuarenta minutos que el inglés había entrado por esa puerta y ya no seguían pensando nada de lo que habían creído hasta entonces, basándose en el testimonio de los hechos aparentes. Otra realidad surgía apoyada en algo mucho más sólido, el razonamiento de un tal Herlock Sholmès.

—La acusación que lanza contra nuestro personal es muy seria, señor —afirmó el barón—. Todos nuestros criados son antiguos empleados de la familia y ninguno sería capaz de traicionarnos.

—Si ninguno los traicionó, ¿cómo explica que esta carta pudiera haberme llegado el mismo día y en el mismo correo que la suya?

Le entregó la carta de Arsène Lupin.

La señora d'Imblevalle se quedó atónita.

—Arsène Lupin. ¿Cómo lo ha sabido?

—¿Le hablaron a alguien de la carta?

—A nadie —respondió el barón—. La idea se nos ocurrió la otra noche, cenando.

—¿Delante de los criados?

—Solo estaban nuestras dos hijas. Pero tampoco... Sophie y Henriette ya se habían levantado de la mesa, ¿no es así, Suzanne?

La señora d'Imblevalle se quedó pensando.

—Efectivamente, se habían ido con la señorita —aseguró.

—¿La señorita? —preguntó Sholmès.

—La institutriz, la señorita Alice Demun.

—¿No cena con ustedes?

—No, le sirven en su habitación.

Wilson tuvo una idea.

—¿Llevaron la carta que escribió a mi amigo Herlock Sholmès a la estafeta de correos?

—¡Naturalmente!

—¿Quién lo hizo?

—Dominique, mi ayuda de cámara desde hace veinte años —respondió el barón—. Cualquier indagación en ese sentido será una pérdida de tiempo.

—Cuando se indaga nunca se pierde el tiempo —sentenció Wilson.

La primera investigación había terminado. Sholmès solicitó permiso para retirarse.

Una hora después, durante la cena, conoció a Sophie y Henriette, las dos hijas de los d'Imblevalle, dos lindas niñas de ocho y seis años. Hablaron poco. Sholmès correspondió a la amabilidad del barón y de su mujer con un aire aburridísimo, así que decidieron cenar en silencio. Se sirvió el café. El inglés se lo bebió y se levantó.

En ese preciso instante entró un criado con un telegrama telefónico para él. Lo abrió y leyó:

> Le envío mi entusiasmada admiración. Los resultados que ha conseguido en tan poco tiempo son impresionantes. Estoy desconcertado.
> Arsène Lupin.

Sholmès hizo un gesto de irritación y le enseñó el telegrama al barón.

—¿Señor, empieza usted a creer que sus paredes tienen ojos y oídos?

—No entiendo nada —murmuró el señor d'Imblevalle, muy sorprendido.

—Yo tampoco. Pero entiendo que Arsène Lupin se entera de cualquier movimiento que hagamos. No decimos ni una palabra sin que él la oiga.

Esa noche, Wilson se acostó con esa conciencia tranquila de alguien que ha cumplido con su deber y no tiene más tarea que dormir. Así que se durmió muy pronto y tuvo unos bonitos sueños en los que él solo perseguía a Lupin y estaba a punto de detenerlo con sus propias manos; la sensación de esa persecución fue tan clara que se despertó.

Alguien lo rozó en la cama. Cogió su revólver.

—Lupin, un movimiento más y disparo.

—¡Demonios! ¡No exagere, viejo amigo!

—¿Qué? ¡Es usted, Sholmès! ¿Me necesita?

—Necesito sus ojos. Levántese. —Lo llevó a la ventana—. Mire, al otro lado de la verja.

—¿En el parque?

—Sí. ¿No ve nada?

—No veo nada.

—Sí, ve algo.

—¡Ah! Claro, una sombra, incluso dos.

—¿Verdad? Junto a la verja. Vaya, se mueven. No perdamos tiempo.

—Bajaron la escalera tanteando, agarrándose a la barandilla, y llegaron a una habitación que daba a la escalinata del jardín. A través de los cristales de la puerta, distinguieron dos siluetas en el mismo sitio—. Es curioso, me parece oír ruido dentro de la casa —dijo Sholmès.

—¿En la casa? ¡Imposible! Todos están durmiendo.

—Pero escuche... —En ese momento, un ligero silbido vibró junto a la verja y vieron una luz tenue que parecía salir del palacete—. Los d'Imbleva-lle han debido de encender la luz —murmuró Sholmès—. Su habitación es la que está encima de nosotros.

—Seguro que les hemos oído a ellos —dijo Wilson—. A lo mejor están vigilando la verja.

Un segundo silbido, más discreto todavía.

—No lo entiendo, no lo entiendo —protestó Sholmès, enfadado.

—Yo tampoco —confesó Wilson.

Sholmès giró la llave de la puerta, le quitó el cerrojo y la abrió muy despacio.

Un tercer silbido, un poco más fuerte y modulado de otra manera. El rui-do aumentó y se precipitó encima de sus cabezas.

—Más bien parece que es en la terraza de la salita —susurró Sholmès. Asomó la cabeza por el resquicio de la puerta e inmediatamente retrocedió, soltando una maldición. Wilson también miró. Muy cerca, había una esca-lera de pie contra el muro, apoyada en la balaustrada de la terraza—. ¡Eh, claro que sí, hay alguien en la salita! —aseguró Sholmès—. Eso es lo que oía-mos. Rápido, quitemos la escalera. —Pero en ese instante una forma se des-lizó de arriba abajo, quitó la escalera y el hombre que la llevaba corrió a toda prisa hacia la verja. Sholmès y Wilson se lazaron de un salto. Alcanzaron al hombre cuando ponía la escalera en la verja. Al otro lado, dispararon dos tiros—. ¿Herido? —gritó Sholmès.

—No —respondió Wilson.

Wilson sujetó el cuerpo del hombre e intentó inmovilizarlo. Pero el hombre se volvió, lo agarró con una mano y con la otra le hundió una navaja en todo el pecho. Wilson exhaló un suspiro, vaciló y cayó al suelo.

—Maldita sea —bramó Sholmès—. Si me lo han matado, los mato.

Dejó tendido a Wilson en la hierba y se lanzó a por la escalera. Demasiado tarde. El hombre la había subido y huía con sus cómplices entre los macizos.

—Wilson, Wilson, no es grave, ¿eh? Un simple arañazo.

Las puertas del palacete se abrieron bruscamente. Primero llegó el señor d'Imblevalle y luego unos criados con velas.

—¡Cómo! ¿Qué ocurre? ¿El señor Wilson está herido? —gritó el barón.

—Nada, un simple arañazo —repitió Sholmès intentando engañarse.

Wilson perdía abundante sangre y estaba lívido.

Veinte minutos después, el doctor confirmó que la punta de la navaja se había quedado a cuatro milímetros del corazón.

—¡A cuatro milímetros del corazón! Este Wilson siempre ha tenido suerte —zanjó el inglés con tono de envidia.

—Suerte, suerte... —masculló el doctor.

—Claro que sí, es de constitución robusta, no será nada.

—Seis semanas de cama y dos meses de convalecencia.

—¿Nada más?

—Sí, salvo complicaciones.

—¿Por qué diablos quiere que haya complicaciones?

Ya completamente tranquilo, Sholmès se reunió con el barón en la salita. Esta vez el misterioso visitante no había sido igual de discreto. Había echado el guante sin pudor a la pitillera con diamantes, al collar de ópalos y, en general, a todo lo que cabía en los bolsillos de un honesto ladrón.

La ventana seguía abierta, uno de los cristales estaba cortado limpiamente y, muy temprano, una investigación somera determinó que la escalera procedía del palacete en obras y señaló la vía que siguieron los ladrones.

—Bueno —dijo el barón con cierta ironía—. Es una repetición exacta del robo de la lámpara judía.

—Sí, siempre que admitamos la primera versión de la justicia.

—¿Usted sigue sin admitirla? ¿Este segundo robo no hace tambalear su opinión sobre el primero?

—La confirma, señor.

—¡Increíble! Tiene la prueba irrefutable de que alguien de fuera cometió la agresión de esta noche, ¿y sigue pensando que la lámpara judía la robó alguien de nuestro entorno?

—Alguien que vive en el palacete.

—Entonces, ¿cómo explica...?

—Señor, yo no explico nada, yo confirmo dos hechos que solo tienen una relación aparente, los considero aislados y busco el vínculo entre ellos.

Su convicción parecía muy profunda y sus actos apoyados en unos motivos muy poderosos, así que el barón se rindió.

—De acuerdo. Avisaremos al comisario.

—¡Bajo ningún concepto! —gritó rápidamente el inglés—. ¡Bajo ningún concepto! Prefiero acudir a esas personas solo si las necesito.

—Pero ¿los disparos?

—¡Da igual!

—¿Y su amigo?

—Mi amigo solo está herido. Consiga que el doctor se calle. Yo respondo de todo ante la justicia.

Transcurrieron dos días sin incidentes, pero Sholmès siguió trabajando con un cuidado minucioso y el orgullo crispado por el recuerdo de la temeraria agresión, que se produjo delante de sus ojos, pese a su presencia y sin que él hubiera podido impedir que saliera bien. Infatigable, registró la casa y el jardín, habló con los criados y pasó mucho tiempo en la cocina y en las cuadras. Y, aunque no recogió ninguna pista que le aclarara, no se desanimaba.

«Lo encontraré —pensaba—, y lo encontraré aquí. Esta vez no tengo que andar a la aventura ni llegar a un objetivo desconocido por caminos inciertos, como en el caso de la mujer rubia. Estoy en el campo de batalla. El enemigo ya no es solo el escurridizo e invisible Lupin, sino también un cómplice de carne y hueso que vive y se mueve dentro de las paredes de este palacete. Con un mínimo detalle, sabré quién es.»

La casualidad le proporcionó ese detalle del que extraería importantes consecuencias y con tanta habilidad que el de la lámpara judía puede considerarse uno de los casos donde mejor sale a la luz de manera victoriosa su genialidad policiaca.

El tercer día, por la tarde, entró en una habitación situada encima de la salita, el cuarto de estudio de las niñas, y se encontró con Henriette, la hermana pequeña. Estaba buscando unas tijeras.

—¿Sabes? —le dijo la niña—. Yo también hago papeles como el que recibiste la otra noche.

—¿La otra noche?

—Sí, al acabar la cena. Recibiste un papel con unas bandas, ya sabes, un telegrama. Pues yo también los hago.

La niña se fue. A cualquier otra persona ese comentario solo le habría parecido una insignificante reflexión infantil, Sholmès lo escuchó sin prestar mucha atención y siguió registrando. Pero, de pronto, echó a correr detrás de la niña porque la última frase le chocaba de repente. La alcanzó en lo alto de la escalera.

—¿Tú también pegas bandas en el papel? —le preguntó.

—Pues claro, recorto palabras y las pego —dijo muy orgullosa Henriette.

—¿Y quién te ha enseñado ese jueguecito?

—La señorita, mi institutriz, la vi hacerlos. Ella coge letras de los periódicos y las pega.

—¿Y qué hace con eso?

—Unos telegramas, cartas que manda.

Herlock Sholmès regresó al cuarto de estudio, especialmente intrigado con el secreto e intentando extraer las deducciones que implicaba.

Encima de la chimenea había un montón de periódicos. Los abrió y, efectivamente, vio que faltaban grupos de palabras o líneas, recortados de manera regular y limpia. Le bastó con leer las palabras anteriores o posteriores para darse cuenta de que, sin duda, Henriette había recortado al azar las que faltaban. Era posible que la señorita hubiera recortado alguno de los periódicos del montón. Pero ¿cómo asegurarse?

Herlock ojeó mecánicamente los libros escolares amontonados en la mesa, luego otros que estaban en las baldas de un armario. Y de pronto soltó un grito de alegría. En un rincón del armario había encontrado un álbum infantil, un alfabeto ilustrado, y en una de las páginas, había un hueco.

Lo comprobó. Era la lista de los días de la semana. Lunes, martes, miércoles, etcétera. Faltaba la palabra «sábado». El robo de la lámpara judía se había producido durante la noche del sábado.

Herlock sintió esa ligera angustia que siempre le anunciaba muy claramente que había llegado al meollo de un misterio. Esa presión de la verdad, esa emoción de la evidencia nunca lo engañaban.

Ansioso pero seguro, empezó a hojear el álbum. Unas páginas más adelante, le esperaba otra sorpresa.

Era una página con letras mayúsculas seguidas de una línea de números.

Alguien había recortado con mucho cuidado nueve letras y tres números.

Sholmès las escribió en su libreta, en el mismo orden, y consiguió este resultado: «CDEHNOPRS-237».

—¡Demonios! A primera vista esto no significa nada —murmuró.

¿Se podían formar una o dos o tres palabras completas mezclando las letras y usándolas todas?

Sholmès lo intentó inútilmente.

Se le imponía una única solución, que volvía continuamente a su lápiz y que, a la larga, le pareció la acertada, porque coincidía con la lógica de los hechos y era compatible con las circunstancias generales.

Como en la página del álbum cada letra del abecedario solo aparecía una vez, no era probable, sino seguro, que las palabras quedasen incompletas y que se completaran con letras de otras páginas. Entonces, salvo error, el misterio se presentaba así: «RESPOND. CH 237».

La primera palabra estaba clara: «responde», faltaba una «e» porque esa letra ya se había utilizado y no quedaban más.

La segunda palabra incompleta y el número «237» eran, sin duda, la dirección que el remitente daba al destinatario de la carta. En primer lugar, le sugería fijar como día el sábado y le pedía una respuesta a la dirección «CH.237».

Entonces, «CH.237» era una fórmula de correos vigente o las letras «C H» formaban parte de una palabra incompleta. Sholmès hojeó el álbum: no había más páginas recortadas. Hasta nueva orden, tenía que limitarse a la explicación que había encontrado.

—Es divertido, ¿verdad?

Henriette había vuelto.

—Sí, ¡muy divertido! Pero ¿tienes más papeles? ¿O palabras recortadas que yo pueda pegar? —le respondió Sholmès.

—¿Papeles? No. Además, a la señorita no le gustaría.

—¿A la señorita?

—Sí, me ha reñido.

—¿Por qué?

—Porque te he contado cosas y ella dice que nunca hay que hablar de las cosas que nos gustan mucho.

—Tienes toda la razón.

Henriette pareció encantada con la aprobación, tan encantada que sacó de un bolsito de tela, sujeto en el vestido, unos trapos, tres botones, dos terrones de azúcar y, por último, un papel cuadrado que le dio a Sholmès.

—Toma, me da igual, te lo doy. Era el número de un coche, el 8279.

—¿De dónde has sacado este número?

—A la señorita se le cayó de la cartera.

—¿Cuándo?

—El domingo en misa, al sacar el dinero para la limosna.

—Perfecto. Y ahora te diré qué hacer para que no te riñan. No le digas a la señorita que has estado conmigo.

Sholmès se fue a buscar al señor d'Imblevalle y le preguntó sin tapujo por la señorita.

El barón se llevó un susto.

—¡Alice Demun! ¿Usted cree? Es imposible.

—¿Desde cuándo trabaja para ustedes?

—Solo desde hace un año, pero no conozco a nadie más tranquilo ni en quien confíe más.

—¿Y por qué aún no la he visto?

—Ha pasado dos días fuera.

—¿Y ahora?

—Desde que regresó quiso estar a la cabecera de su amigo. Tiene todas las cualidades de una enfermera, dulce, atenta... El señor Wilson parece encantado.

—¡Ah! —dijo Sholmès, que se había olvidado completamente de interesarse por su viejo amigo. Se quedó pensativo y preguntó—: El domingo por la mañana, ¿la señorita salió?

—¿Al día siguiente del robo?

—Sí.

El barón llamó a su mujer y se lo preguntó.

—La señorita salió a las once, como siempre, para ir a misa con las niñas.

—¿Y antes?

—¿Antes? No. O, mejor dicho, ¡yo estaba muy alterada por el robo! Recuerdo que la víspera me pidió permiso para salir el domingo por la mañana. Creo que quería visitar a una prima de paso por París. Pero ¿no sospechará de ella?

—Por supuesto que no. Aunque me gustaría verla.

Sholmès subió a la habitación de Wilson. Una mujer, vestida como de enfermera, con un vestido largo de tela gris, se inclinaba sobre el enfermo y le daba de beber. Cuando se volvió, Sholmès reconoció a la chica que lo había abordado en la estación del Norte.

No se dieron ninguna explicación. Alice Demun sonrió dulcemente, con unos ojos encantadores y serios, sin ningún apuro. El inglés quiso hablar, esbozó unas sílabas, pero se calló. Entonces, la mujer volvió a su tarea, actuó tranquilamente bajo la mirada de Sholmès, removió unos frascos, desenrolló y enrolló unas vendas y le sonrió ampliamente otra vez.

Sholmès se dio la vuelta, bajó de nuevo, vio en el patio el automóvil del señor d'Imblevalle, se subió y pidió que lo llevaran a Levallois, al depósito de coches cuya dirección estaba escrita en el folleto que le había entregado la niña. El señor Duprêt, que conducía el 8279 el domingo por la mañana, no estaba, Sholmès despidió al automóvil y esperó hasta la hora de descanso.

Duprêt le contó que, efectivamente, había «cargado» a una señora por los alrededores del parque Monceau, una señora joven, vestida de negro, con una violeta enorme, que parecía muy nerviosa.

—¿Llevaba un paquete?

—Sí, un paquete bastante largo.

—¿A dónde la llevó?

—A la avenida de Ternes, esquina con la plaza Saint-Ferdinand. Allí estuvo unos diez minutos y luego volvimos al parque Monceau.

—¿Reconocería la casa de la avenida de Ternes?

—¡Claro que sí! ¿Tengo que llevarlo allí?

—Luego. Primero lléveme al 36 del Quai des Orfèvres.

En la prefectura de policía tuvo la suerte de encontrarse inmediatamente con el inspector principal Ganimard.

—Señor Ganimard, ¿está usted libre?

—Se trata de Lupin, ¿no?

—Se trata de Lupin.

—Entonces, yo no me muevo.

—¡Cómo! Renuncia.

—¡Renuncio a lo imposible! Estoy cansado de una lucha desigual, en la que siempre vamos por detrás. Es cobarde, es absurdo, todo lo que usted quiera. ¡Me da igual! Lupin es más fuerte que nosotros. En consecuencia, no nos queda más que rendirnos.

—Yo no me rindo.

—Él hará que se rinda, igual que los demás.

—Claro, un espectáculo que no dejará de alegrarle.

—¡Ah! Eso es verdad —dijo Ganimard ingenuamente—. Y como todavía no ha recibido bastantes palos, vamos allá.

Los dos subieron al coche. Pidieron al cochero que los dejara un poco antes de la casa, al otro lado de la avenida, delante de un café pequeño con una terraza, donde se sentaron, entre laureles y boneteros. Empezó a anochecer.

—Camarero, algo para escribir —pidió Sholmès. Escribió unas letras y llamó de nuevo al camarero—: Lleve esta carta al portero de esa casa de enfrente. Sin duda, es ese hombre con gorra, que está fumando delante de la puerta.

El portero se acercó rápidamente y, como Ganimard declinó su derecho de inspector principal, Sholmès le preguntó si el domingo por la mañana había ido a esa casa una mujer joven, vestida de negro.

—¿De negro? Sí, hacia las nueve, la que va al segundo.

—¿La ve a menudo?

—No, pero desde hace poco, más. Los últimos quince días, casi a diario.

—¿Y desde el domingo?

—Solo una vez, sin contar hoy.

—¡Cómo! ¡Ha venido hoy!

—Sí, está aquí.

—¡Está aquí!

—Llegó hace poco más de diez minutos. El coche la espera en la plaza Saint-Ferdinand, como siempre. Me la he cruzado en la puerta.

—¿Y quién vive en el segundo?

—Dos personas, una modista, la señorita Langeais, y un señor que hace un mes alquiló dos habitaciones amuebladas, con el nombre de Bresson.

—¿Por qué dice «con el nombre»?

—Yo creo que es una identidad falsa. Mi mujer le hace las tareas de casa: pues no tiene dos camisas con las mismas iniciales.

—¿Cómo vive?

—¡Oh! Casi siempre está fuera. Lleva tres días sin aparecer por aquí.

—¿Vino la noche del sábado al domingo?

—¿La noche del sábado al domingo? Espere, déjeme pensar. Sí, el sábado por la noche llegó y no volvió a salir.

—¿Y cómo es?

—Pues no sabría decirle. ¡Cambia mucho! Es alto, bajo, gordo, flaco, moreno y rubio. A veces no lo reconozco.

Ganimard y Sholmès se miraron.

—Es él —murmuró el inspector—. Claro que es él.

El viejo policía se quedó un instante realmente desconcertado y lo expresó abriendo la boca y crispando los puños.

A Sholmès también le dio un vuelco el corazón, aunque se dominó mejor.

—Miren, ahí está la chica —dijo el portero. La señorita apareció en la puerta y cruzó la plaza—. Y ese es el señor Bresson.

—¿El señor Bresson? ¿Cuál?

—El que lleva un paquete bajo el brazo.

—Pero no se preocupa de la chica. Ella va sola al coche.

—¡Ah! Yo nunca los he visto juntos.

Los dos policías se habían levantado precipitadamente. A la luz de las farolas reconocieron la figura de Lupin alejándose en dirección contraria a la plaza.

—¿A quién prefiere seguir? —preguntó Ganimard.

—A él, por supuesto. Es caza mayor.

—Entonces yo voy detrás de la chica —propuso Ganimard.

—No, no —respondió rápidamente el inglés, que no quería desvelar nada del caso a Ganimard—. Sé dónde encontrarla. No se separe de mí.

Y empezaron a seguir a Lupin a cierta distancia, escondiéndose entre los transeúntes y en los kioscos. La persecución resultó fácil, porque Lupin no miraba hacia atrás y caminaba rápidamente, con una ligera renguera en la pierna derecha, tan ligera que hacía falta la vista entrenada de un observador para darse cuenta.

—Finge cojear —dijo Ganimard. Y añadió—: ¡Ay! ¡Si pudiera contar con dos o tres agentes para saltar encima de ese individuo! Corremos el riesgo de perderlo.

Pero no apareció ningún agente antes de la puerta de Ternes y, una vez pasadas las murallas, no contarían con ayuda.

—Esto está desierto. Separémonos —ordenó Sholmès. Era el bulevar Victor-Hugo. Cada uno en una acera caminó por la línea de los árboles. Así estuvieron veinte minutos, hasta que Lupin giró a la izquierda y continuó bordeando el Sena. Entonces, vieron que bajaba a la orilla del río. Allí se quedó unos segundos, pero no podían distinguir sus gestos. Luego, volvió a subir y desanduvo el camino. Sholmès y Ganimard se pegaron a los pilares de una verja. Lupin pasó por delante. Ya no llevaba el paquete. Y cuando se alejaba, otro individuo salió de un rincón de una casa y se deslizó entre los árboles—. Parece que ese también le sigue —susurró Sholmès.

—Sí, creo que lo vi al venir. —Y continuó la caza, pero el otro individuo la hacía más complicada. Lupin volvió por el mismo camino, pasó otra vez por la puerta de Ternes y regresó a su casa de la plaza Saint-Ferdinand. El portero estaba cerrando la puerta cuando se presentó Ganimard—: Lo ha visto, ¿verdad?

—Sí, ha abierto la puerta de su casa mientras yo apagaba la luz de la escalera.

—¿Está con alguien?

—No, no tiene criado. Nunca come en casa.

—¿Y hay escalera de servicio?

—No.

Entonces, Ganimard se dirigió a Sholmès:

—Lo más fácil es que yo me quede en el portal y que usted vaya a buscar al comisario de la calle Demours. Le daré una nota.

—¿Y si mientras tanto se escapa? —protestó Sholmès.

—¡Pero si yo me quedo aquí!

—Uno contra uno, una lucha desigual con Lupin.

—No puedo forzar la puerta de su casa, y menos de noche, es ilegal.

Sholmès se encogió de hombros.

—Cuando haya detenido a Lupin, nadie se quejará de las condiciones en que lo hizo. Además, solo hay que llamar al timbre. Entonces veremos qué pasa.

Subieron al segundo. A la izquierda del rellano había una puerta con dos batientes. Ganimard tocó el timbre.

Ningún ruido. Volvió a llamar. Nadie.

—Entremos —susurró Sholmès.

—Sí, vamos.

Pero siguieron quietos, con aire indeciso. De pronto, se quedaron como esas personas que a la hora de llevar a cabo un acto decisivo dudan, les daba miedo actuar y les parecía imposible que Arsène Lupin estuviera ahí, tan cerca de ellos, detrás de esa frágil puerta, que podían echar abajo de un puñetazo. Ambos conocían demasiado al diabólico personaje como para admitir que se dejara atrapar de una manera tan tonta. No, no y mil veces no, Lupin no estaba ahí. Había debido escaparse por las casas contiguas, por los tejados o por una salida adecuadamente preparada y, otra vez, solo agarrarían su sombra.

Los dos policías se estremecieron. Un ruido imperceptible, que venía del otro lado de la puerta, había como arañado el silencio. Y no tuvieron la sensación sino la convicción de que Lupin estaba ahí, de que solo los separaba una delgada barrera de madera, de que los escuchaba y los oía.

¿Qué podían hacer? La situación era trágica. Pese a la sangre fría de viejos policías experimentados, estaban tan alterados que creían oír los latidos de sus corazones.

Ganimard consultó a Sholmès por el rabillo del ojo. Luego, hizo tambalear violentamente la puerta de un puñetazo.

Entonces, un ruido de pasos, un ruido que ya no intentaban ocultar.

Ganimard sacudió la puerta. Sholmès la tiró abajo de un empujón incontenible con el hombro y los dos se lanzaron al ataque.

Se pararon en seco. En la habitación contigua había sonado un tiro. Otro tiro y el ruido de un cuerpo al caer.

Cuando entraron, vieron a un hombre tumbado, con la cara contra el mármol de la chimenea. El hombre convulsionó. Se le cayó el revólver de la mano.

Ganimard se agachó y giró la cara del muerto. La tenía llena de la sangre, la sangre salía a chorros de dos heridas grandes, una en la mejilla, otra en la sien.

—Está irreconocible —susurró Ganimard.

—Evidentemente, no es él —dijo Sholmès.

—¿Cómo lo sabe? Ni siquiera lo ha examinado.

El inglés se burló sarcásticamente.

—¿Usted piensa que Arsène Lupin es un hombre que se mataría?

—Pues en la calle creíamos haberlo reconocido.

—Porque queríamos creerlo. Estamos obsesionados con él.

—Entonces, es uno de sus cómplices.

—Los cómplices de Arsène Lupin no se matan.

—¿Y quién es?

Registraron el cadáver. Sholmès encontró en un bolsillo una cartera vacía y Ganimard en otro unos luises. En la ropa interior, ninguna marca y en las prendas de vestir, tampoco.

En su equipaje —un baúl grande y dos maletas—, solo efectos personales. En la chimenea, un montón de periódicos. Ganimard los ojeó. Todos hablaban del robo de la lámpara judía.

Una hora después, cuando Sholmès y Ganimard se retiraron, seguían sin saber nada del extraño personaje, al que su intervención había empujado al suicidio.

¿Quién era? ¿Por qué se había matado? ¿Qué lo vinculaba al caso de la lámpara judía? ¿Quién lo siguió por la calle? Un montón de preguntas y todas igual de complejas. Un montón de misterios.

Herlock Sholmès se acostó de muy mal humor. Cuando se despertó recibió un telegrama que decía lo siguiente:

Arsène Lupin tiene el honor de comunicarle su trágico fallecimiento en la persona del señor Bresson y le ruega que asista al cortejo fúnebre, oficio y entierro, que tendrán lugar el jueves, 25 de junio, con cargo al Estado.

2

—Se da cuenta, viejo amigo, de que lo que más me desespera de esta aventura es sentir continuamente los ojos de ese maldito caballero encima —decía Sholmès a Wilson, levantando el telegrama de Arsène Lupin—. No se le escapa ni uno de mis pensamientos más ocultos. Me comporto como un actor con una dirección estricta que regula todos sus pasos, que va ahí y dice eso porque así lo quiere una voluntad superior. ¿Me entiende, Wilson? —Seguramente Wilson lo habría entendido si no durmiera el sueño profundo de un hombre cuya temperatura varía entre cuarenta y cuarenta y un grados. Pero a Sholmès poco le importaba que lo oyera o no. Él seguía—: Necesito recurrir a toda mi energía y emplear todos mis recursos para no desanimarme. Por suerte, estas bromitas a mí solo me parecen pinchazos estimulantes. Cuando se calma el escozor de la picadura y se cierra la herida del orgullo, siempre consigo decir: «Diviértete, hombre. En algún momento, tú solo te traicionarás». Porque, a fin de cuentas, Wilson, ¿a que no ha sido Lupin quien me ha revelado el secreto de la conexión con Alice Demun, con el primer mensaje y la reflexión de la pequeña Henriette? Se olvida de ese detalle, viejo amigo. —Daba vueltas por la habitación, haciendo ruido al andar, aun a riesgo de despertar al viejo amigo—. ¡Bueno! Esto no va muy mal y, aunque transite por caminos algo oscuros, empiezo a ver la luz. En primer lugar, van a informarme sobre el señor Bresson. Tengo una cita con Ganimard a orillas del Sena, donde Bresson tiró el paquete, y sabremos el cometido de ese hombre. En cuanto a lo demás, es una partida entre Alice Demun y yo. El enemigo es de pequeña envergadura, ¿eh, Wilson? Y creo que dentro de poco sabré la frase del álbum y qué significan las dos letras sueltas, la «C» y la «H». Porque todo está ahí, Wilson.

En ese preciso momento entró la señorita y al ver a Sholmès gesticulando le dijo con toda amabilidad:

—Señor Sholmès, si despierta a mi enfermo le reñiré. No está bien que lo moleste. El doctor exige tranquilidad absoluta. —El inglés la miraba sin decir ni una palabra, le sorprendía su calma inexplicable, igual que la primera vez—. ¿Por qué me mira así, señor Sholmès? ¿Por nada? Claro que sí. Siempre parece tener una segunda intención. ¿Cuál? Responda, se lo ruego.

La mujer lo interrogaba con su cara limpia, con los ojos ingenuos y con la sonrisa, pero también con su actitud: las manos juntas y el busto ligeramente inclinado hacia delante. Y lo hacía con un candor que enfureció al detective. Sholmès se acercó a la señorita.

—Bresson se mató anoche —le dijo en voz muy baja.

Alice repitió la frase como si no la entendiera.

—Bresson se mató anoche.

La verdad es que ni una contracción le alteró el rostro, nada que revelara el esfuerzo de la mentira.

—Ya lo sabía —soltó irritado—. Si no, habría sentido un escalofrío al menos. ¡Ah! Es más fuerte de lo que creía. Pero ¿por qué disimular? —Agarró el álbum ilustrado que acababa de dejar en una mesa cercana, abrió la página recortada y le preguntó—: ¿Podría decirme en qué orden hay que poner las letras que faltan aquí para saber el contenido de la nota que envió a Bresson cuatros días antes del robo de la lámpara judía?

—¿El orden? ¿Bresson? ¿El robo de la lámpara judía?

La mujer repetía las palabras, lentamente, como para comprender el sentido.

—Sí. Estas son las letras que utilizó, las de este papel. ¿Qué le decía a Bresson? —insistió.

—Yo utilicé estas letras... Qué decía... —De pronto Alice se echó a reír—. ¡Ah! ¡Ya entiendo! ¡Soy cómplice del robo! Un tal señor Bresson robó la lámpara judía y se mató. Y yo soy la amiga de ese señor. ¡Uy! ¡Qué divertido!

—¿A quién estuvo viendo ayer en la segunda planta de una casa de la avenida de Termes?

—¿A quién? A mi modista, la señorita Langeais. ¿Mi modista y mi amigo el señor Bresson son la misma persona?

Pese a todo, Sholmès dudó. El terror, la alegría o la preocupación, todos los sentimientos pueden fingirse para crear una falsa impresión, pero la indiferencia, la risa feliz y despreocupada, no.

—Una última cuestión —aún añadió Sholmès—. ¿Por qué me abordó la otra tarde en la estación del Norte? ¿Por qué me suplicó que me marchara inmediatamente y no me ocupara del robo?

—¡Ay! Señor Sholmès, es usted demasiado curioso —respondió Alice, que seguía riendo con naturalidad—. A modo de castigo, se quedará sin saber nada y, además, cuidará al enfermo mientras yo voy a la farmacia. Urge una receta. Me voy.

Y se fue.

—Me ha timado —murmuró Sholmès—. No solo no le he sacado nada, sino que además me he descubierto.

El policía recordaba el caso del diamante azul y el interrogatorio a Clotilde Destange. ¿Era la misma serenidad de la mujer rubia? ¿Se enfrentaba otra vez a una de esas personas que, protegidas por Arsène Lupin y bajo la acción directa de su influencia, conservan la calma más asombrosa incluso ante la angustia del peligro?

—Sholmès, Sholmès...

Se acercó a Wilson, que lo llamaba, y se inclinó.

—¿Qué hay, viejo amigo? ¿Le duele?

Wilson movió los labios, pero no podía hablar. Por fin, después de grandes esfuerzos, balbuceó:

—No, Sholmès, no es ella. Es imposible que sea ella.

—Pero ¿qué tonterías dice? ¡Le digo que es ella! Yo solo pierdo la cabeza y soy así de necio con alguna criatura de Lupin, que él ha entrenado y fortalecido. Ahora la señorita conoce toda la historia del álbum. Le apuesto a que antes de una hora habrá avisado a Lupin. ¿Antes de una hora? ¡Qué digo! ¡Inmediatamente! La farmacia, la receta urgente... ¡Patrañas!

Sholmès se largó rápidamente, bajó a la avenida de Messine y vio a la señorita entrando en una farmacia. A los diez minutos, volvió a salir con unos frascos y una botella envueltos en papel blanco. Pero, cuando subía por la avenida, un hombre la abordó y la siguió con la gorra en la mano y aire servil, como pidiendo caridad.

La mujer se detuvo, le dio una limosna y continuó su camino.

«Le ha dicho algo», pensó el inglés.

No fue una convicción sino una intuición muy fuerte lo que le hizo cambiar de estrategia. Dejó a la chica y se lanzó tras la pista del falso mendigo.

Y así llegaron uno detrás del otro a la plaza Saint-Ferdinand, el hombre estuvo deambulando mucho tiempo alrededor de la casa de Bresson, de vez en cuando miraba a las ventanas de la segunda plata y vigilaba a la gente que entraba en el edificio.

Una hora después, el hombre subió al piso superior de un tranvía en dirección a Neuilly. Sholmès también y se sentó detrás del individuo, un poco alejado, junto a un señor que se ocultaba tras las páginas abiertas de un periódico. En las murallas, esa persona apartó el periódico y Sholmès se dio cuenta de que era Ganimard.

—Ese es el hombre de anoche, el que siguió a Bresson. Lleva una hora dando vueltas por la plaza —le susurró Ganimard al oído mientras señalaba al individuo.

—¿Nada nuevo sobre Bresson? —preguntó Sholmès.

—Sí, esta mañana le llegó una carta.

—¿Esta mañana? Así que la enviaron ayer, antes de que el remitente supiera que Bresson había muerto.

—Exacto. La tiene el juez de instrucción. Pero recuerdo lo que dice: «No acepta ningún trato. Lo quiere todo, la primera cosa y las del segundo golpe.

Si no, actuará». Sin firma —dijo Ganimard—. Como ve, esas pocas líneas no sirven de nada.

—No comparto su opinión en absoluto, señor Ganimard, al contrario, esas pocas líneas me parecen muy interesantes.

—¡Dios mío! ¿Por qué?

—Por razones personales —respondió Sholmès, con la insolencia que siempre utilizaba con su colega.

El tranvía se detuvo en la calle Château, al final del trayecto. El individuo bajó y se fue tranquilamente.

Sholmès lo seguía de muy cerca. Ganimard se asustó.

—Si se da la vuelta, nos descubre.

—No va a darse la vuelta.

—¿Y usted qué sabe?

—Es un cómplice de Arsène Lupin, y el hecho de que un cómplice de Lupin camine así, con las manos en los bolsillos, demuestra, primero, que sabe que lo siguen y, segundo, que eso no le asusta.

—¡Pues lo tenemos bien acorralado!

—No lo bastante como para que no pueda escapársenos antes de un minuto. Se siente demasiado seguro.

—¡Vamos! ¡Vamos! Va a obligarme a demostrárselo. Allí, en la puerta de ese café hay dos agentes en bicicleta. Si decido requerirlos y abordamos al personaje, me pregunto cómo se nos escapará.

—Al personaje parece no afectarle ese hecho. ¡Los está requiriendo él!

—¡Maldita sea! —soltó Ganimard—. ¡Qué desfachatez!

Efectivamente, el individuo se había acercado a los dos agentes justo cuando estos se subían a las bicicletas. Les dijo algo y luego, de pronto, saltó sobre una tercera bicicleta, que estaba apoyada en la pared del café, y se alejó rápidamente con los dos agentes.

El inglés estalló en carcajadas.

—¿Eh? ¿No lo había previsto yo? ¡Una, dos, tres y se lo llevan! ¿Quién? Dos compañeros suyos, Ganimard. ¡Ay! Arsène Lupin se protege bien, tiene agentes en bici a sueldo. ¡Si cuando yo le decía que nuestro hombre estaba demasiado tranquilo...!

—Entonces, ¡¿qué había que hacer?! —gritó Ganimard, humillado—. ¡Es muy fácil reírse!

—Vamos, vamos, no se enfade. Nos vengaremos. De momento, necesitamos refuerzos.

—Folenfant está esperándome al final de la avenida de Neuilly.

—Bien, recójalo al pasar y reúnanse conmigo.

Ganimard se alejó mientras Sholmès seguía el rastro de las bicicletas, muy visible en el polvo del camino, porque dos llevaban cubiertas estriadas. Y pronto se dio cuenta de que las huellas lo conducían a orillas del Sena y de que habían girado en el mismo sitio que Bresson, la noche anterior. Así llegó a la verja en la que se escondió con Ganimard y, un poco más lejos, comprobó que había una maraña de líneas estriadas, que demostraba que se habían parado ahí. Justo en frente se veía una lengua de terreno pequeña, que entraba en el Sena, y al final, una barca vieja amarrada.

Bresson debía de haber tirado ahí el paquete o, mejor dicho, haberlo dejado caer. Sholmès bajó el talud y vio que la ribera descendía en una pendiente muy suave y que la marea estaba baja, así que le resultaría fácil encontrar el paquete, a no ser que los tres hombres se le hubieran adelantado.

«No, no —pensó—. No han tenido tiempo. Como mucho un cuarto de hora. Pero, entonces, ¿a qué ha venido?».

Sentado en la barca, había un pescador.

—¿Ha visto a tres hombres en bicicleta? —le preguntó Sholmès. El pescador negó con un gesto. El inglés insistió—: Sí. Tres hombres. Acaban de parar muy cerca de usted.

El pescador se metió la caña debajo del brazo, sacó del bolsillo un cuadernito, escribió algo en una página, la arrancó y se la dio al detective.

Al inglés lo sacudió un tremendo escalofrío. A la primera ojeada había visto la serie de letras recortadas del álbum, en mitad de la página que sujetaba con la mano: «CDEHNOPRSEO-237».

El sol caía a plomo en el río. El hombre había reanudado su tarea, se resguardaba con un sombrero de paja de ala muy ancha y tenía la chaqueta y el chaleco doblados junto a él. Pescaba muy concentrado, mientras la boya de la caña flotaba en la superficie del agua.

La boya se hundió un minuto, un minuto de un silencio solemne y terrible.

«¿Es él? —pensaba Sholmès con una ansiedad casi dolorosa. Y la verdad lo esclareció—. ¡Es él! ¡Es él! Solo Lupin es capaz de quedarse así, sin un gesto de preocupación y sin miedo a nada de lo que vaya a ocurrir. ¿Y quién si no sabría lo del álbum? Alice lo avisó a través del mensajero.»

De pronto, el inglés sintió que su mano, su propia mano, había sujetado la culata del revólver y que tenía los ojos fijos en la espalda del individuo, un poco más abajo de la nuca. Un gesto y se resolvería el drama, la vida del extraño aventurero terminaría miserablemente.

El pescador no se movió.

Sholmès apretó nervioso el arma, con unas ganas brutales de disparar y acabar con él y, al mismo tiempo, con el horror de un acto que iba en contra de su carácter. Su muerte era segura. Todo habría terminado.

«¡Ay! Que se levante —pensó—. Que se defienda. Y si no, peor para él. Un segundo más y disparo.»

Pero el ruido de unos pasos le hizo girar la cabeza, vio a Ganimard que llegaba con unos inspectores.

Entonces, cambió de idea, cogió impulso y saltó a la barca, el amarre se rompió por la fuerte fuerza del empuje, cayó sobre el hombre y lo agarró por la cintura. Los dos rodaron al fondo del barco.

—¿Y qué? —gritó Lupin, mientras peleaba—. ¿Con esto qué demuestra? Cuando uno haya reducido al otro, ¡tendrá mucha ventaja! Usted no sabrá qué hacer conmigo ni yo con usted. Nos quedaremos aquí como dos imbéciles. —Los remos cayeron al agua. La barca navegó a la deriva. Por toda la orilla se oían gritos y Lupin añadió—: ¡Vaya lío, señor! ¿Pero ha perdido la noción de las cosas? ¡Tantas tonterías a su edad! ¡Un hombre importante como usted! ¡Uf, qué travieso! —Lupin consiguió librarse de Sholmès. El inglés, irritadísimo, dispuesto a todo, echó mano al bolsillo. Soltó un juramento: Lupin le había quitado el revólver. Entonces se puso de rodillas e intentó atrapar uno de los remos, para llegar a la orilla, mientras Lupin se ensañaba con el otro, para navegar río adentro—. Lo conseguirá, no lo conseguirá —decía Lupin—. Pero si da igual. Aunque consiga el remo, le impediré usarlo y usted hará lo mismo. Así son las cosas, en la vida uno se esfuerza por actuar sin razón, porque siempre decide la suerte. Mire, ya ve. ¡Vaya! La suerte se decide por el bueno de Lupin. ¡Victoria! ¡La corriente me favorece! —Así era, el barco tendía a alejarse—. ¡Cuidado! —gritó Lupin. Alguien lo apuntaba con un revólver desde la orilla. Lupin agachó la cabeza, se oyó una detonación y un poco de agua salpicó cerca de ellos. Lupin estalló en carcajadas—. ¡Dios me perdone, es el amigo Ganimard! Muy mal lo que hace, Ganimard. Solo está permitido disparar en caso de legítima defensa. ¿Tanto le enfurece el pobre Arsène como para olvidar todos sus deberes? ¡Vamos, hombre! ¡Otra vez! Pero, desgraciado, le va a dar a mi querido maestro. Se puso de pie en la barca, de cara a Ganimard, parapetando con el cuerpo a Sholmès—. ¡Bien! Ahora ya estoy tranquilo. Apunte aquí, Ganimard, al corazón, más alto, a la izquierda... Ha fallado. Dichoso torpe. ¡Otro tiro! Pero, Ganimard, está usted temblando. Firmes, ¿verdad? ¡Y sangre fría! Un, dos, tres, ¡fuego! ¡Ha fallado! ¡Maldición! ¿Les da el Gobierno pistolas de juguete? —Mostró un revólver largo, macizo y plano, y disparó sin apuntar. El inspector se llevó la mano al sombrero: una bala lo había agujereado—. ¿Qué le parece, Ganimard? Este procede de una buena fábrica. Aplaudan, señores, es el revólver de mi noble amigo y maestro Herlock Sholmès.— Lanzó el arma a los pies de Ganimard con fuerza. Sholmès no podía evitar sonreír y admirar a ese hombre. ¡Qué torrente de vida! ¡Qué alegría juvenil y espontánea! ¡Y cuánto parecía divertirse! Cualquiera diría que la sensación de riesgo le provocaba una satisfacción física y que el único objetivo en la vida de ese hombre extraordinario era buscar peligros para luego divertirse conjurándolos. La gente se aglomeraba en las márgenes del río, Ganimard y sus hombres seguían a la embarcación, que se balanceaba aguas adentro, muy despacio, arrastrada por la corriente. La trayectoria era inevitable, matemática—. Maestro, reconózcalo —gritó Lupin, volviéndose hacia el inglés—, ¡no cedería el sitio ni por todo el oro del Transvaal! ¡Está en la primera fila del patio de butacas! Pero, para empezar y antes de nada el prólogo, después saltaremos hasta el quinto acto, la detención o la fuga de Arsène Lupin. Así que, querido maestro, tengo una pregunta que hacerle, y le suplico que responda con un sí o un no, para evitar equívocos. Renuncia a ocuparse de este caso. Aún hay tiempo y puedo reparar el daño que ha causado. Más tarde, ya no podría. ¿De acuerdo?

—No.

A Lupin se le crispó la cara. Era evidente que esa terquedad lo irritaba.

—Insisto. Insisto por usted mucho más que por mí, seguro que será el primero en lamentar su intervención. Por última vez, ¿sí o no?

—No.

Lupin se agachó, movió una de las tablas del fondo y durante unos minutos hizo algo que Sholmès no pudo distinguir. Luego se levantó, se sentó junto al inglés y le soltó una perorata:

—Maestro, creo que los dos hemos venido a la orilla del río por el mismo motivo: ¿sacar del agua el objeto del que se deshizo Bresson? Yo me había citado con unos compañeros y estaba a punto de explorar un poco las profundidades del Sena, como indica mi escueto atuendo, cuando mis amigos me advirtieron de su llegada. Por cierto, confieso que no me sorprendió, porque me informan de los avances de su investigación cada hora, me atrevo a decir. Es muy fácil. En cuanto pasa algo que pueda interesarme en la calle Murillo, rápidamente, un telefonazo, ¡y ya lo sé! Comprenderá usted que en estas condiciones... —Guardó silencio. La tabla que había separado se estaba levantando y a su alrededor se filtraban unos chorritos de agua—. Demonios, no sé qué he hecho, pero todo me hace pensar que hay una vía de agua en esta vieja embarcación. ¿No tiene miedo, maestro? —Sholmès se encogió de hombros. Lupin siguió hablando—: Entonces, comprenderá usted que, en estas condiciones y sabiendo con antelación que usted buscaría el combate con las mismas ansias con las que yo trataba de evitarlo, me resultaba bastante agradable entablar con usted una partida de final asegurado, porque tengo todos los triunfos en la mano. Y quise dar al enfrentamiento el mayor brillo posible, para que su derrota se conociera universalmente y ya no hubiera otra condesa de Crozon u otro barón d'Imblevalle tentados a pedirle ayuda contra mí. Y, querido maestro, en esto solo vea... —Se interrumpió de nuevo y utilizando las manos medio cerradas como un catalejo miró las orillas del

río—. ¡Vaya! Han fletado un bote extraordinario, un auténtico buque de guerra, y mírelos con qué fuerza reman. Antes de cinco minutos nos abordarán y estoy perdido. Señor Sholmès, una recomendación: usted se tira encima de mí, me ata y me entrega a la justicia de mi país. ¿Le gusta el plan? Salvo que antes hayamos naufragado y entonces ya solo nos quedaría preparar nuestros testamentos. ¿Qué opina? —Se miraron fijamente. En ese momento Sholmès entendió la maniobra de Lupin: había agujereado el casco de la barca. El agua entraba. Les llegó a las suelas de los botines. Les cubrió los pies: ninguno se movió. El agua les rebasó los tobillos: el inglés cogió la petaca, hizo un pitillo y lo encendió. Lupin continuó hablando—: Y, querido maestro, en esto solo vea la humilde confesión de mi impotencia ante usted. Al aceptar únicamente las batallas en las que tengo asegurada la victoria y evitar aquellas en las que no he elegido el campo, lo que hago es inclinarme ante usted. Lo que hago es reconocer que Sholmès es el único enemigo al que temo y proclamar que, mientras no aparten a Sholmès de mi camino, seguiré preocupado. Esto es lo que quería decirle, querido maestro, porque el destino me concede el honor de una conversación con usted. Solo lamento una cosa, ¡que esta charla se produzca mientras nos damos un baño de pies! A esta situación le falta seriedad, lo reconozco. ¡Qué digo! ¡Un baño de pies! ¡Un baño de posadera, más bien! —Efectivamente, el agua llegaba a la bancada donde estaban sentados y la barca se hundía cada vez más. Sholmès, imperturbable, con el pitillo en la boca, parecía absorto contemplando el cielo. Por nada del mundo habría consentido mostrar el menor signo de nerviosismo frente a ese hombre que conservaba el buen humor, aunque estaba rodeado de peligros, cercado por la multitud y perseguido por una jauría de agentes. Los dos parecían decir: «¡Qué! ¿Se alborotan por esta tontería? ¿No se ahoga alguien en un río todos los días? ¿Este acontecimiento merece atención?». Uno parloteaba y el otro estaba ensimismado, ambos ocultaban la lucha formidable de sus respectivos orgullos con la misma máscara de indiferencia. Un minuto más y se hundirían—. Lo fundamental es saber si nos hundiremos antes o después de que lleguen los campeones de la justicia —insistió Lupin—. Ese es el quid. Porque el naufragio ni se plantea.

Maestro, ha llegado la hora solemne del testamento. Lego toda mi fortuna a Herlock Sholmès, ciudadano inglés, a él le corresponde. Pero, ¡Dios mío!, ¡qué rápido avanzan los campeones de la justicia! ¡Ay! ¡Unos chicos valientes! Da gusto verlos. ¡Qué precisión en la remada! Vaya, ¿es usted, cabo Folenfant? ¡Bravo! La idea del buque de guerra es excelente. Cabo Folenfant, lo recomendaré a sus superiores. ¿Esta es la medalla que desea? Entendido. Eso está hecho. ¿Y dónde está su compañero Dieuzy? ¿En la orilla izquierda, rodeado de un centenar de indígenas? Así que, si escapo del naufragio, me recogen Dieuzy y los indígenas en la orilla izquierda o si no, Ganimard y los pobladores de Neuilly en la derecha. Penoso dilema. —Se hizo un remolino de agua. La embarcación viró sobre sí misma y Sholmès tuvo que sujetarse a la anilla de los remos—. Maestro, le suplico que se quite la chaqueta —dijo Lupin—, nadará más cómodo. ¿No? ¿Se niega? Entonces, me pongo yo la mía. —Se puso la chaqueta, la abotonó herméticamente como la de Sholmès y suspiró—: ¡Qué hombre más duro! Y qué pena que se empeñe en este caso. Desde luego, da idea de la dimensión de sus recursos, pero ¡qué inútilmente! De verdad, desperdicia su excelente talento.

—Señor Lupin, habla demasiado y a menudo peca de exceso de confianza y de insensatez —soltó Sholmès saliendo por fin de su mutismo.

—El reproche es severo.

—Así, sin darse cuenta, hace un instante me proporcionó la información que buscaba.

—¡Cómo! ¡Buscaba información y no me lo dijo!

—Yo no necesito a nadie. Dentro de tres horas daré la clave del misterio a los señores d'Imblevalle. Esta es la única respuesta.

No acabó la frase. La barca se había hundido de golpe y los arrastró a los dos. Emergió inmediatamente del revés, con el casco al aire. En las dos orillas se oyeron muchos gritos y a continuación un silencio ansioso y, de pronto, más exclamaciones: uno de los náufragos había vuelto a aparecer.

Era Herlock Sholmès.

Excelente nadador, se dirigió a la lancha de Folenfant con amplias brazadas.

—Valiente, señor Sholmès —gritó el cabo—, aquí estamos nosotros, no desfallezca, luego nos ocuparemos de él, lo tenemos, vamos, señor Sholmès, un pequeño esfuerzo más, coja la cuerda.

El inglés se agarró a la cuerda que le echaban. Pero, mientras subía a bordo, se oyó una voz:

—Querido maestro, claro que sí, usted conseguirá la clave del misterio. Incluso me sorprende que aún no la tenga. ¿Y qué? ¿Para qué le servirá? Precisamente entonces, habrá perdido la batalla. —Sentado a horcajadas en el casco del barco, al que acababa de subir, sin dejar de hablar, Arsène Lupin continuaba su discurso con gestos solemnes, como si esperase convencer a su interlocutor—. Entiéndalo bien, querido maestro, no hay nada que hacer, absolutamente nada. Está en la deplorable situación de alguien...

Folenfant le apuntó.

—Ríndase, Lupin.

—Cabo Folenfant, es usted un grosero, me ha interrumpido en medio de una frase. Entonces, estaba diciendo...

—Ríndase, Lupin.

—Pero, maldita sea, cabo Folenfant, uno solo se rinde si está en peligro. ¡Y usted no pretende creer que yo corro el menor peligro!

—Por última vez, Lupin, le ordeno que se rinda.

—Cabo Folenfant, no tiene ninguna intención de matarme, como mucho, de herirme, y porque le da miedo que me escape. ¿Pero y si por casualidad la herida es mortal? ¡Desgraciado, piense en los remordimientos! ¡En una vejez amargada!

Folenfant disparó.

Lupin se tambaleó, se sujetó un instante a los restos de la barca, luego se dejó caer y desapareció.

Cuando ocurrieron estos acontecimientos, eran exactamente las tres de la tarde. A las seis en punto, como había anunciado, Herlock Sholmès, con un pantalón muy corto y una chaqueta demasiado estrecha, que le había prestado un tabernero de Neuilly, cubriéndose con una gorra y engalanado con una camisa de franela con cordones de seda, se presentó en el saloncito de la calle Murillo, después de haber ordenado avisar a los señores d'Imblevalle que solicitaba una entrevista.

Los d'Imblevalle lo encontraron dando vueltas por la habitación. Les pareció muy cómico con ese raro atuendo y tuvieron que reprimir unas enormes ganas de reír. Caminaba como un autómata con aire pensativo y encorvado, de la ventana a la puerta y de la puerta a la ventana, dando cada vez el mismo número de pasos y girando cada vez en el mismo sentido.

Se detuvo, cogió una figurita, la examinó mecánicamente y continuó su caminata.

Por fin se plantó delante de los d'Imblevalle.

—¿La señorita está aquí? —preguntó.

—Sí, en el jardín, con las niñas.

—Señor barón, vamos a mantener una conversación definitiva, me gustaría que asistiera la señorita Demun.

—¿Definitiva?

—Tenga un poco de paciencia, señor. La verdad saldrá con claridad de los hechos que expondré delante de ustedes con la mayor precisión posible.

—De acuerdo. ¿Suzanne, quieres...?

La señora d'Imblevalle se levantó y regresó casi inmediatamente con Alice Demun. La señorita, un poco más pálida que de costumbre, se quedó de pie, apoyada en una mesa, y ni siquiera preguntó el motivo por el que la habían llamado.

Sholmès pareció no verla, se volvió bruscamente hacia el señor d'Imblevalle y con un tono que no admitía réplica dijo:

—Señor, después de varios días de investigación y aunque algunos acontecimientos hayan cambiado durante un tiempo mi perspectiva, le repetiré lo que le dije en el primer momento: la lámpara judía la robó alguien que vive en el palacete.

—¿El nombre del culpable?

—Lo sé.

—¿Las pruebas?

—Las que tengo bastarán para desenmascararlo.

—No basta con desenmascararlo. También tiene que devolvernos...

—¿La lámpara judía? La tengo yo.

—¿El collar de ópalos? ¿La pitillera?

—El collar de ópalos, la pitillera, por abreviar, todo lo que robaron la segunda vez lo tengo yo.

A Sholmès le gustaban los golpes de efecto y anunciar sus victorias de manera un poco seca.

De hecho, el barón y su mujer parecían estupefactos, lo miraban con curiosidad y en silencio, lo que era el mejor elogio.

Después, reanudó el relato detallado de lo que había hecho durante los tres días. Explicó el descubrimiento del álbum, escribió en una hoja de papel la frase que formaban las letras recortadas, luego contó la expedición de Bresson a orillas del Sena, el suicidio del aventurero y, por último, la lucha que acababa de enfrentarlo contra Lupin, el naufragio de la barca y la desaparición de Lupin.

Cuando terminó, el barón susurró:

—Ya solo falta que nos revele el nombre del culpable. ¿A quién acusa?

—Acuso a la persona que recortó las letras de este alfabeto y las utilizó para comunicarse con Arsène Lupin.

—¿Cómo sabe que esa persona se dirigía a Arsène Lupin?

—Por el propio Lupin. —Sholmès entregó al barón un trozo de papel mojado y arrugado. Era la página que Lupin había arrancado de su cuaderno en la barca, donde había escrito la frase—. Y dese cuenta de que nada le obligaba a darme esta hoja y, por lo tanto, a descubrirse. Una chiquillada con la que yo conseguí información —señaló Sholmès satisfecho.

—Usted consiguió información —repitió el barón—. Pues yo no entiendo nada. —Sholmès repasó con un lápiz las letras y los números: «CDEHNOPRSEO-237»—. ¿Y qué? —preguntó el señor d'Imblevalle—, es la frase que acaba de enseñarnos.

—No. Si usted hubiera dado vueltas y vueltas en todos los sentidos a esta frase, al primer vistazo se habría dado cuenta, como me di yo, de que no es igual que la primera.

—¿En qué se diferencia?

—Tiene dos letras más, una «E» y una «O».

—Efectivamente, no me había fijado.

—Si une esas dos letras a la «C» y a la «H» que nos sobraban de la palabra «responde» comprobará que la única palabra posible es «ECHO».

—¿Y qué significa?

—Significa *L'Écho de France,* el periódico de Lupin, su órgano oficial, el que utiliza para sus «comunicados». Responde en «*L'Écho de France,* sección cartas al director, número 237». Esta era la clave del misterio que tanto he buscado y que Lupin me proporcionó voluntariamente. Ahora llego de las oficinas de *L'Écho de France.*

—¿Y qué ha encontrado?

—He encontrado la historia detallada de la relación de Arsène Lupin y su cómplice.

Sholmès desplegó siete periódicos abiertos en la página cuatro y subrayó las siete líneas siguientes:

1. Ars. Lup. señora impl. protección. 540.

2. 540. Espero explicaciones. A. L.

3. A. L. bajo domin. enemigo. Perdida.

4. 540. Escriba dirección. Investigaré.

5. A. L. Murillo.

6. 540. Parque tres horas. Violetas.

7. 237 Entendido sáb. estaré dom. maña. parque.

—¡Y a esto le llama una historia detallada! —exclamó el señor d'Imblevalle.

—Dios mío, pues claro, y si lo mira con un poco de atención, compartirá mi opinión. Para empezar, una señora que firma 540 implora protección a Arsène Lupin, y Lupin responde pidiendo explicaciones. La señora contesta que está bajo el dominio de un enemigo, de Bresson, sin lugar a dudas, y que está perdida si no acuden en su ayuda. Lupin, que desconfía, y aún no se atreve a conchabarse con la mujer desconocida, exige la dirección y se ofrece a investigar. La señora duda durante cuatro días, fíjese en las fechas, finalmente, presionada por las circunstancias e influida por las amenazas de Bresson, da el nombre de su calle, Murillo. Al día siguiente, Arsène Lupin anuncia que estará en el parque Monceau a las tres y le pide a la desconocida que lleve un ramo de violetas como señal. Entonces, la comunicación se interrumpe durante ocho días. Arsène Lupin y la señora no necesitan el periódico para comunicarse: se ven o se comunican directamente. Traman un plan para satisfacer las exigencias de Bresson, la señora robará la lámpara judía. Falta fijar el día. La señora que, por prudencia, escribe las cartas con palabras recortadas y pegadas se decide por el sábado y añade: «Responde Écho 237». Lupin responde que ha entendido y que además estará el domingo por la mañana en el parque. El domingo por la mañana ya se ha cometido el robo.

—Tiene razón, todo encaja —asintió el barón—, y la historia está completa.

Sholmès continuó con el relato:

—Así que se comete el robo. La señora sale el domingo por la mañana, informa a Lupin de lo que ha hecho y lleva a Bresson la lámpara judía. Entonces, las cosas ocurren como Lupin había previsto. La justicia, engañada con una ventana abierta, cuatro agujeros en la tierra y dos arañazos en la balaustrada, admite inmediatamente la hipótesis del robo con allanamiento. La señora se queda tranquila.

—De acuerdo —dijo el barón—. La explicación es muy lógica, la admito. Pero el segundo robo...

—El primer robo provocó el segundo. Los diarios contaron cómo había desaparecido la lámpara judía y a alguien se le ocurrió repetir el ataque y llevarse lo que quedaba. Esta vez no fue un robo fingido, sino un robo real, con un allanamiento de verdad, la escalada, etcétera.

—Lupin, por supuesto.

—No, Lupin no es tan estúpido. Lupin no dispara a las personas por cualquier tontería.

—Entonces, ¿quién?

—Bresson, sin ninguna duda, y a espaldas de la señora a la que había chantajeado. Bresson entró aquí, yo le perseguí, y él hirió a mi pobre Wilson.

—¿Está seguro?

—Absolutamente. Ayer, antes de que se suicidara, uno de los cómplices de Bresson le escribió una carta que demuestra que Lupin y el cómplice iniciaron unas negociaciones para la devolución de todos los objetos que habían robado en el palacete. Lo exigía todo, «la primera cosa —es decir, la lámpara judía— y las del segundo golpe». Además, vigilaba a Bresson. Anoche, cuando fue a la orilla del Sena, un compañero de Lupin lo seguía a la vez que nosotros.

—¿Qué iba a hacer Bresson a orillas del Sena?

—Lo habían avisado de que mi investigación avanzaba.

—¿Quién lo había avisado?

—La propia señora, porque temía razonablemente que el descubrimiento de la lámpara judía nos llevara a descubrir su aventura. Entonces, Bresson, precavido, hizo un paquete con todo lo que pudiese comprometerlo y lo tiró en un sitio donde fuera posible recuperarlo cuando pasara el peligro. Al regresar a su casa, como Ganimard y yo lo acorralábamos y seguramente tenía más crímenes en la conciencia, perdió la cabeza y se mató.

—¿Y qué había en el paquete?

—La lámpara judía y las otras joyas.

—¿No las tiene usted?

—Inmediatamente después de que Lupin desapareciese, aprovechando el baño que me obligó a darme, pedí que me llevaran al sitio que había escogido Bresson y allí encontré todos los objetos robados, envueltos en trapos y tela impermeable. Aquí están, encima de la mesa.

El barón cortó las cuerdas en silencio, desgarró de un tirón los trapos mojados, sacó la lámpara, giró una tuerca colocada debajo del pie, hizo fuerza con las dos manos en el recipiente, lo separó, lo abrió en dos partes iguales y encontró la quimera de oro con rubís y esmeraldas.

Estaba intacta.

En toda esa escena, muy natural en apariencia, que consistía en una simple exposición de hechos, había algo que la hacía espantosamente trágica: la acusación formal, directa e irrefutable que Sholmès lanzaba con cada una de sus palabras contra la señorita. Y el silencio impresionante de Alice Demun.

Durante la larga, la cruel acumulación una tras otra de pequeñas pruebas, la institutriz no había movido un músculo de la cara ni una chispa de indignación o de miedo había enturbiado la serenidad de su mirada limpia. ¿Qué pensaba Alice? Pero, sobre todo, ¿qué diría en el solemne momento en el que tuviera que responder, defenderse y romper el círculo de fuego en el que Herlock Sholmès la aprisionaba con mucha habilidad?

Ese momento había llegado y la joven seguía en silencio.

—¡Hable! ¡Por Dios, hable! —gritó el señor d'Imblevalle. La señorita no dijo nada. El barón insistió—: Una palabra la justificaría. Una palabra de indignación y yo la creeré. —La señorita no pronunció esa palabra. El barón atravesó rápidamente la habitación, volvió sobre sus pasos y luego le dijo a Sholmès—: Vamos a ver, señor. ¡No puedo admitir que esto sea verdad! ¡Hay crímenes imposibles! Y esto es contrario a todo lo que yo sé, a todo lo que veo desde hace un año. —D'Imblevalle puso la mano en el hombre del inglés—. ¿Y usted, señor, está absoluta y definitivamente seguro de no equivocarse?

Sholmès titubeó, como si lo atacaran de improviso y no tuviera una respuesta inmediata. Pero sonrió y dijo:

—Solo la persona a la que acuso podía saber que dentro de la lámpara judía estaba la magnífica joya, por la posición que ocupa en la casa.

—No quiero creerle —murmuró el barón.

—Pregúntele.

Por la confianza ciega que tenía en Alice, era lo único que no había intentado el barón. Pero ya no podía permitirse eludir la evidencia.

El barón se acercó a la señorita y mirándola a los ojos le preguntó:

—Señorita, ¿es usted? ¿Se llevó usted la joya? ¿Se comunicó usted con Arsène Lupin y fingió el robo?

—Sí, señor, fui yo.

La señorita no agachó la cabeza. Su cara no expresaba ni vergüenza ni malestar.

—¡Es imposible! —murmuró el señor d'Imblevalle—. Jamás lo habría creído. Usted es la última persona de la que habría sospechado. ¿Cómo ha hecho esto, desgraciada?

—Yo hice lo que el señor Sholmès ha contado —respondió—. La noche del sábado al domingo, bajé al saloncito, robé la lámpara y, por la mañana, se la llevé a ese hombre.

—No —protestó el barón—. Lo que usted pretende es inadmisible.

—Inadmisible. ¿Por qué?

—Porque esa mañana yo vi la puerta del saloncito con el cerrojo echado. —La señorita se ruborizó, perdió la compostura y miró a Sholmès como pidiendo consejo. A Sholmès pareció impresionarle más el aprieto de Alice Demun que la observación del barón. ¿No iba a responder nada? ¿Las palabras que sancionaban la explicación que Sholmès había presentado sobre el robo de la lámpara judía escondían una mentira que desbarataba de inmediato el examen de los hechos? El barón añadió—: Esta puerta estaba cerrada. Afirmo que encontré el cerrojo como lo había dejado la noche anterior. Si usted entró por esta puerta, como pretende, alguien habría tenido que abrirle desde dentro, es decir, desde el saloncito o desde nuestra habitación. Pero no había nadie en ninguna de las dos habitaciones. No había nadie, salvo mi mujer y yo.

Sholmès se inclinó rápidamente y se tapó la cara con las dos manos para ocultar el rubor. Una especie de luz muy brusca le había golpeado y se sentía deslumbrado, incómodo. Todo se le revelaba como en un paisaje oscuro donde, de pronto, desapareciera la noche.

Alice Demun era inocente.

Alice Demun era inocente. Esa era la auténtica y cegadora verdad y la explicación a la especie de malestar que el inglés sentía desde el primer día que dirigió la terrible acusación contra la chica. Entonces lo veía claro. Lo sabía. Un gesto y la prueba irrefutable se le presentaría en el acto.

Sholmès levantó la cabeza y, segundos después, con la mayor naturalidad que pudo, miró a la señora d'Imblevalle.

La baronesa estaba pálida, con esa palidez insólita que te invade en los momentos implacables de la vida. Le temblaban imperceptiblemente las manos, que procuraba ocultar.

«En un segundo se delata», pensó Sholmès.

El detective se puso entre ella y su marido, con el deseo imperioso de apartar el horrible peligro que, por su culpa, amenazaba a ese hombre y a esa mujer. Pero, ante la situación, el barón tembló en lo más profundo de su ser. En ese momento, al señor d'Imblevalle lo iluminaba la misma revelación repentina que lo había cegado a él. El mismo trabajo se producía en su cerebro. ¡Él también lo entendía! ¡Lo veía!

Alice Demun, desesperada, se enfureció contra la verdad implacable.

—Tiene usted razón, señor, he cometido un error. Es cierto, no entré por aquí. Pasé por el vestíbulo y por el jardín y con una escalera.

Un supremo esfuerzo de entrega. ¡Pero un esfuerzo inútil! Las palabras sonaban falsas. Le vacilaba la voz y la dulce criatura ya no tenía los ojos limpios ni su gran aire de sinceridad. Alice agachó la cabeza, vencida.

El silencio fue atroz. La señora d'Imblevalle esperaba, lívida, agarrotada de angustia y espanto. El barón parecía seguir debatiéndose, como si no quisiera creer en la destrucción de su felicidad.

—¡Habla! ¡Explícate! —balbuceó por fin.

—No tengo nada que decir, mi pobre marido —respondió en voz muy baja y con la cara deformada de dolor.

—Entonces, señorita...

—La señorita me ha salvado por devoción, por cariño. Ella se acusaba.

—¿Salvado de qué? ¿De quién?

—De ese hombre.

—¿Bresson?

—Sí, ese hombre me tenía dominada a mí con sus amenazas. Lo conocí en casa de una amiga y cometí la locura de prestarle atención. ¡Ah! Nada que no puedas perdonar, pero escribí dos cartas, verás las cartas. Se las compré. Ya sabes cómo. ¡Ay! Ten compasión de mí. ¡Cuánto he llorado!

—¡Tú! ¡Tú! ¡Suzanne! —El barón levantó los puños contra su mujer dispuesto a golpearla, dispuesto a matarla. Pero dejó caer los brazos y volvió a murmurar—: ¡Tú, Suzanne! ¡Tú! ¡¿Cómo es posible?! —Suzanne relató la lamentable y banal aventura, enlazando frases entrecortadas: cómo la infamia del personaje la devolvió asustada a la realidad, los remordimientos, el pánico, y también habló de la conducta admirable de Alice:

la chica adivinó la desesperación de su jefa, le arrancó una confesión, escribió a Lupin y organizó el cuento del robo para salvarla de las garras de Bresson—. Tú, Suzanne, tú... —repetía el señor d'Imblevalle encorvado, abatido—. ¿Cómo has podido?

Esa misma noche, el vapor Ciudad de Londres, que cubre el servicio entre Calais y Dover, se deslizaba lentamente sobre el agua inmóvil. La noche era oscura y tranquila. Unas apacibles nubes se adivinaban encima del barco y a su alrededor ligeros velos de bruma lo separaban del espacio infinito donde debía de extenderse la blancura de la luna y las estrellas.

La mayoría de los pasajeros habían regresado a los camarotes y a los salones, aunque algunos, más intrépidos, paseaban por cubierta o dormitaban hundidos en amplias mecedoras y cubiertos con gruesas mantas. Esporádicamente se veía el destello de algunos puros y se oía, mezclado con el suave soplo del viento, el murmullo de unas voces que no se atrevían a levantarse en el gran y solemne silencio.

Uno de los pasajeros, que deambulaba con paso regular por la borda, se detuvo junto a una persona recostada en un asiento, la miró y, cuando esa persona se movió un poco, le dijo:

—Creía que estaba dormida, señorita Alice.

—No, no, señor Sholmès, no me apetecer dormir. Estoy pensando.

—¿En qué? ¿Es indiscreto que se lo pregunte?

—Pensaba en la señora d'Imblevalle. ¡Qué triste debe de estar! Ha echado a perder su vida.

—No, por supuesto que no —dijo Sholmès con vehemencia—. El error no es de los que no se perdonan. El señor d'Imblevalle olvidará la falta. Ya cuando nos marchamos, la miraba con menos dureza.

—Quizá. Pero tardará en olvidar, y la señora sufre.

—¿La quiere mucho?

—Mucho. Eso me dio fuerzas para sonreír mientras temblaba de miedo y para mirarle a la cara cuando habría querido huir de sus ojos.

—¿Le da pena separarse de ella?

—Sí, mucha. No tengo ni parientes ni amigos. Solo la tenía a ella.

—Hará amigos, se lo prometo —dijo el inglés, conmocionado con la tristeza de la chica—. Yo conozco gente, tengo mucha influencia. Le aseguro que no lamentará su nueva situación.

—Quizá, pero la señora d'Imblevalle ya no estará.

Y no siguieron hablando. Herlock Sholmès dio otras dos o tres vueltas por cubierta y luego volvió junto a su compañero de viaje.

La cortina de bruma se disipaba y las nubes parecían separarse en el cielo. Unas estrellas centellearon.

Sholmès sacó la pipa de su abrigo *macfarlane,* la llenó y utilizó cuatro cerillas, pero no consiguió encenderla. Como no le quedaban más, se levantó y le dijo a un hombre que estaba sentado muy cerca:

—¿Me daría usted fuego, por favor?

El señor abrió una caja de fósforos resistentes al viento y raspó uno. Inmediatamente salió una llama. Con la luz, Sholmès distinguió a Arsène Lupin.

Si no hubiera sido por un mínimo, un imperceptible ademán de retroceso del inglés, Lupin habría podido suponer que Sholmès sabía que viajaba en el barco por cómo se dominó y por la naturalidad con la que tendió la mano a su enemigo.

—¿Sigue usted sano y salvo, señor Lupin?

—¡Bravo! —exclamó Lupin, al que ese dominio arrancó un grito de admiración.

—¿Bravo? ¿Por qué?

—¿Cómo que por qué? Me ve aparecer delante de usted, como un fantasma, después de haber asistido a mi chapuzón en el Sena y por orgullo, por un milagro de orgullo que yo calificaría de muy británico, no hace ni un gesto de asombro ni dice una palabra de sorpresa. Pues sí, lo repito, ¡bravo, es admirable!

—No es admirable. Por cómo cayó de la barca, vi muy bien que se tiraba voluntariamente y que no le había alcanzado ninguna bala del cabo.

—¿Y se marchó sin saber qué había sido de mí?

—¿Qué había sido de usted? Lo sabía. Quinientas personas controlaban ambas orillas del río a lo largo de un kilómetro. Si escapaba a la muerte, lo capturaban seguro.

—Y sin embargo aquí estoy.

—Señor Lupin, hay dos hombres en el mundo de los que nada me sorprende: yo, el primero y después, usted.

Se había firmado la paz.

Aunque Sholmès no hubiera triunfado en sus iniciativas contra Arsène Lupin, aunque Lupin siguiera siendo el enemigo excepcional al que había que renunciar definitivamente a atrapar, aunque el francés siempre fuera superior en los enfrentamientos, no dejaba de ser menos cierto que el inglés, con su formidable tenacidad, recuperó la lámpara judía, igual que había recuperado el diamante azul. Quizá, en esta ocasión, el resultado fuera menos brillante, principalmente de cara al público, porque Sholmès estaba obligado a callar las circunstancias en las que había encontrado la lámpara judía y a declarar que ignoraba el nombre del culpable. Pero, de hombre a hombre, de Lupin a Sholmès, de policía a ladrón, con total imparcialidad, no había ni vencedor ni vencido. Cada uno de ellos podía presumir de victorias iguales.

Así que estuvieron charlando, como enemigos educados que deponen las armas y se consideran en su justo valor.

A petición de Sholmès, Lupin contó cómo se fugó.

—Si es que a eso puede llamársele «fuga». ¡Fue muy fácil! Mis amigos estaban pendientes, porque nos habíamos citado para sacar del agua la lámpara judía. Entonces, después de pasar media hora larga debajo del casco invertido del barco, aproveché un momento en el que Folenfant y sus hombres buscaban mi cadáver por la orilla del río y me subí a los restos de la barca. Mis amigos pasaron con una lancha a motor, me recogieron y salimos volando bajo la mirada estupefacta de Ganimard, de Folenfant y de quinientos curiosos.

—¡Muy bonito! —exclamó Sholmès—. ¡Completamente logrado! Y ahora, ¿tiene cosas que hacer en Inglaterra?

—Sí, ajustar alguna cuenta. Vaya, lo olvidaba. ¿Y el señor d'Imblevalle?

—Lo sabe todo.

—¡Ay, querido maestro! ¿Qué le había dicho yo? Ahora el daño es irreparable. ¿No habría sido mejor dejarme actuar a mi antojo? Uno o dos días después, habría recuperado la lámpara judía y las otras joyas, las habría enviado a los d'Imblevalle y esas dos buenas personas habrían acabado tranquilamente sus vidas juntos. En lugar de eso...

—En lugar de eso —dijo sarcásticamente Sholmès—, yo lie las cosas y llevé la discordia al hogar de una familia que usted protegía.

—¡Dios mío, sí, yo la protegía! ¿Es indispensable robar, engañar y hacer el mal siempre?

—Entonces, ¿también hace el bien?

—Cuando tengo tiempo. Además, me entretiene. Lo que me parece tremendamente divertido, en la aventura que nos ocupa, es que yo sea el genio bueno, que socorre y salva, y usted el genio malvado que aporta desdicha y lágrimas.

—¡Lágrimas! ¡Lágrimas! —protestó el inglés.

—¡Es verdad! El matrimonio d'Imblevalle está destrozado y Alice Demun llorando.

—No podía seguir allí. Ganimard habría acabado por descubrirla y a través de ella descubriría a la señora d'Imblevalle.

—Estoy completamente de acuerdo, maestro, pero ¿de quién es la culpa? Dos hombres pasaron por delante de ellos.

—¿Sabe quiénes son esos caballeros? —preguntó Sholmès con el timbre de voz ligeramente alterado.

—Me parece que uno es el comandante del barco.

—¿Y el otro?

—No lo sé.

—Es el señor Austin Gilett. Y el señor Austin Gilett ocupa, en Inglaterra, el cargo equivalente al del señor Dudouis, el jefe de la Seguridad de su país.

—¡Ah! ¡Qué suerte! ¿Sería usted tan amable de presentármelo? El señor Dudouis es un buen amigo y me encantaría poder decir lo mismo del señor Austin Gilett.

Los dos caballeros volvieron a aparecer.

—¿Y si le tomo la palabra, señor Lupin? —dijo Sholmès al tiempo que se levantaba.

El inglés había sujetado a Lupin por la muñeca y apretaba con mano de hierro.

—Maestro, ¿por qué aprieta tan fuerte? Estoy completamente dispuesto a seguirlo.

De hecho, se dejaba llevar sin oponer ninguna resistencia. Los dos caballeros se alejaban.

Sholmès aceleró el paso. Le clavaba las uñas en la carne.

—Vamos, vamos... —decía sordamente, con una especie de afán nervioso por resolver todo lo más rápido posible—. ¡Vamos! Más deprisa. —Pero se paró en seco: Alice Demun los seguía—. Señorita, ¡qué hace usted! Es inútil. ¡No venga!

Pero le respondió Lupin:

—Maestro, le ruego que se fije en que la señorita no viene voluntariamente. Le aprieto la muñeca con una fuerza parecida a la que ejerce usted sobre mí.

—¿Por qué?

—¡Cómo! Insisto absolutamente en que también se la presente. Su cometido en el asunto de la lámpara judía es aún más importante que el mío. Cómplice de Arsène Lupin, cómplice de Bresson, también tendrá que contar la aventura de la baronesa d'Imblevalle, y eso le interesará muchísimo a la justicia. Así, generoso Sholmès, habrá llevado su beneficiosa intervención hasta las últimas consecuencias.

El inglés había soltado la muñeca de su prisionero. Lupin liberó a la señorita.

Se quedaron quietos unos segundos, unos frente a otros. Luego Sholmès regresó a su asiento y se sentó. Lupin y la chica volvieron a los suyos.

Un largo silencio los separó. Hasta que Lupin dijo:

—Fíjese, maestro, hagamos lo que hagamos, nunca seremos de la misma opinión. Usted está a un lado del abismo y yo al otro. Podemos aplaudirnos, estrecharnos la mano y charlar un rato, pero el abismo siempre está ahí. Usted siempre será el detective Herlock Sholmès, y yo Lupin el ladrón. Herlock Sholmès siempre obedecerá, más o menos espontáneamente y con más o menos acierto, a su instinto de detective, que le lleva a ensañarse con el ladrón y, si fuera posible, a «meterlo en chirona». Y Arsène Lupin siempre será consecuente con su alma de ladrón, evitará la mano férrea del detective y, si fuera posible, se burlará de él. ¡Y esta vez, puede! ¡Ja! ¡Ja! ¡Ja! —Lupin estalló en carcajadas, una risa socarrona, cruel y detestable. De pronto, se puso serio y se inclinó hacia la joven—. Señorita, esté segura de que, ni en el último extremo la hubiera traicionado. Arsène Lupin nunca traiciona y mucho menos a los que quiere y admira. Y permítame que le diga que amo y admiro a la valiente criatura que es. —Sacó de la cartera una tarjeta, la rompió en dos, le dio una mitad a la joven y, con voz emocionada y respetuosa, le dijo—: Señorita, si las gestiones del señor Sholmès no salen bien, acuda a casa de lady Strongborough, encontrará fácilmente su domicilio actual, entréguele la mitad de la tarjeta y dígale estas dos palabras «recuerdo fiel». Lady Strongborough se ocupará de usted como de una hermana.

—Gracias —respondió la joven—. Mañana iré a casa de esa señora.

—Y ahora, maestro —gritó Lupin con el tono satisfecho de alguien que ha cumplido con su deber—, le deseo buenas noches. Nos queda una hora de travesía. Voy a aprovecharla.

Se tumbó y cruzó las manos detrás de la cabeza.

El cielo se había abierto delante de la luna. Alrededor de las estrellas y a ras del mar se iluminaba su radiante claridad. Flotaba en el agua y parecía que la inmensidad donde se disolvían las últimas nubes le pertenecía.

Las líneas de la costa despuntaban en el horizonte oscuro. Algunos pasajeros volvieron a subir y la cubierta se llenó de gente. El señor Austin Gilett pasó con dos individuos que Sholmès identificó como agentes de la policía inglesa.

Lupin dormía en su asiento.